马孔多在下雨

周于旸 著

上海文艺出版社

目 录

鹦鹉螺纹 ...1

穿过一片玉米地 ...36

如虎之年 ...63

云顶司机 ...105

月亮照常升起 ...130

比天之愿 ...163

北冥有鱼 ...193

子宫移民 ...215

岛的周围全是水 ...239

马孔多在下雨 ...273

鹦鹉螺纹

傍晚六点下班，小区门口的夜灯未亮。王秋冬回到家中，王悲喜打来电话，说他发明了永动机。王秋冬挂上电话，穿上留有余温的鞋，提上昨晚喝剩的半瓶红酒往他家走。解放南路上，一架民航飞机从半暗的空中划过，像一颗雪白的粉笔头在黑板上缓慢地摩擦。

许多年前的一个下午，也有这样一架飞机经过八年级三班教室的上空，坐在最后一排角落里的王悲喜打开窗户，跳到外面的三楼高的隔板上，奋力地将手臂往天空中甩去。那是一节平常的物理课，王通华老师正在讲台上画第三个杠杆模型，突然听到教室后方学生的惊吼，他抬起头，用讲课一般平常的语气说，去两个同学把他拉回来。当王悲喜重新被摁到椅子上时,王通华若无其事在教室里绕了一圈,经过王悲喜时对他吼了句,飞机不是出租车,把手挥断也不会停下来。当天晚上,王通华在晚间新闻上看到这架飞机在印度洋上空失踪的消息,猛然想起儿子白天在物理课上的奇怪举动,此时一架用纸片和薄木片做成的飞机从王悲喜的房间飞出,以抛物线的路径掉入客厅饭桌上的鱼汤当中。正当王通华准备破口大骂的时候,王悲喜喃喃地说道,飞机掉进了鱼窝里。

王悲喜五岁那年,就能背出九大行星的顺序,画出十二星座的形状。王通华十分欣喜,带他去做智商测试。医生把王悲喜的成绩单交到他手里,王通华看了一眼,说,搞错了,不可能那么低。上面的数字是 69,王通华把桌上的试卷推还给对面的医生,试卷反着朝向他,上面的数字仍然是 69。王通华说,我是个物理老师。医生毫不掩饰地表示了无奈,说,不是你的错,我们肺科医生的儿子,一天要抽两包烟。

王通华不甘心接受这样的结果,又去其他医院检查了两次,没能超过 70 分,一次甚至不满 60。王通华两晚没有睡着，身心俱疲，仿佛在黑夜里游泳，看不到岸，躺在沙发上看《阿甘正传》。儿子半夜起床上厕所，在他身边坐了会，神情木讷，嘴巴微张，问，明天去哪家医院？王通华心头一软，把他送回房间，说，明天不去医院。他回到客厅，站在电视机前，双手叉腰，阿甘的智商是75，比儿子还要高一点，如果傻劲用对地方，也许还有希望。这是他从电影里总结出来的看法，这样的安慰过于虚幻。星期天，他拎了一大瓶白酒，带儿子去公园里的小游乐场玩。王悲喜上了旋转木马之后，他坐在长椅上喝酒，半瓶酒入肚后脑子开始糊涂，朝身后望了一眼，儿子正在马背上划波浪线。王通华凝视了几秒，把头回过来时甩出半滴眼泪。他凭着仅剩下的一点意识朝人堆里走去，花了一个下午才走到家中，妻子在厨房做西红柿炒鸡蛋，他夺过妻子手里的锅铲，说道，我喝醉了，把儿子弄丢了。

　　妻子挥了挥鼻子前的空气，骂道，你奔酒缸里洗了个澡？儿子丢哪了，还不去找？王通华眯着眼、晃着脑袋说，丢了就丢了，咱再生一个。妻子推了他一把，吼道，你说的叫话？跑到卧室里换衣服，一边换一边大声嚷嚷，平常也没见你喝过酒，今天什么日子？不是让你带孩子逛公园吗？妻子刚换好衣服，听见外面有人在喊，跑去开门，邻居拉着王悲喜站在门口。妻子回到厨房继续炒菜，对王通华说，孩子回来了。王通华问，哪找到的？妻子说，隔壁李琦的女儿在公园门口碰到的，在客厅呢，你去看看。他走到客厅，看到儿子正把啤酒在两个杯子里倒来倒去，观察在表层所形成的泡沫。王通华靠在墙上，后背贴着瓷砖，慢慢下滑，一屁股坐到地上，开始放声大哭，流下散发着酒精味的眼泪。

王通华放弃了那些可怕的念头，试图寻找解决问题的办法，在王悲喜的卧室放古典音乐，给他买智力拼图和聪明药，一年后王通华意识到这些东西都于事无补，儿子依然在用猜谜语的方式计算十以内加减法。有一回他去幼儿园接王悲喜放学，回家路上被山羊胡叫住。山羊胡是有名的算命师傅，经常帮当地富豪和高官算命，逢凶化吉，遇难呈祥。几年前指点一位富豪脱离牢狱之灾，富豪感激涕零，坚持要送他一点东西，山羊胡起初不收，最后富豪开了辆宝马到他算命摊上，把钥匙扔给山羊胡后徒步回家。山羊胡不会开车，把摊子挪到了车顶上，这辆车就是他的锦旗，算术高超的证明。如今几年过去，他屁股底下的宝马已经换成了保时捷，山羊胡叫住王通华的时候，正蹲在车顶上抽烟斗。

王通华教了十几年物理，本应该不依不饶地相信科学，当他开始环顾四周的时候，山羊胡知道他动摇了，对他说，过来吧，来我这儿算命的都是有牌面的，不丢人。王通华报了儿子的八字，山羊胡排了盘，指着自己的脑壳说道，是不是这里有问题？王通华把儿子推到一边，对山羊胡说，大师，您太灵了，我该怎么办呢？山羊胡攥着一小撮胡子，像是在拧螺丝，说道，这玩意治不好，但不是无路可通，赐子千金不如赐子一艺，这句要记好，再多说一句，你老婆怀孕了，把孩子生下来，这个是正常的，记得把罚款交了。

几个月前，王通华就和妻子商量要再生一个孩子，妻子问他缘由，他说不出口。儿子的事情她并不知情，只知道王悲喜很晚才学会说话，不会玩玩具。许多年以后，当王悲喜的老师亲口告知她儿子身上的缺陷时，她猛然间回想起丈夫在公园把孩子弄丢的那个下午，回想起丈夫不依不饶地要她生第二个孩子的请求。她没有过问这些事情,夫妻之间达成了一种微妙的默契,从一个模糊的节点开始,在不得不谈论这件事时,他们寻找各种委婉的词汇来形容儿子的缺陷,以此避开那最危险的两个字。作为母亲,她无法像王通华一样冷漠,然而在之后的漫长岁月里,他依然教会了她如何决绝,如何心安理得地进行区别对待,把她柔软的心肠磨成石头。

回家之后,王通华按照山羊胡的指示,带妻子去医院做孕检,果然有喜。九个月后,王秋冬出生。王秋冬出生时,王悲喜正在池塘边看大人抓鱼,他们一开始用手捞,之后拉来一台抽水机,鱼塘的水被抽干以后的景象就像是从下方敲打一个满是拼图碎片的桌面。王悲喜的二舅来接他回家,告诉他家里多了一个弟弟,弟弟叫王秋冬,之所以叫秋冬是因为现在是十一月。

十一年后的某一个晚上,起床撒尿的王秋冬听到了父母在卧室的谈话,王通华声称以王悲喜的智力没有必要再继续上学,初中毕业时就安排他去学一门手艺,这门手艺是理发,因为他觉得王悲喜的动手能力还不错,他们只要全力培养王秋冬考上大学就行了。王通华对妻子说,悲喜的事,你不要管,也不要觉得愧疚,不是我们的错。还有一个月即将小学毕业的王秋冬陡然意识到，他的哥哥是个智障，正因为他的哥哥是个智障，所以他才会被这个家庭需要。他的出生是为了弥补哥哥在他人生中第一场考试里少拿的那31分。

王秋冬用一个晚上想明白了这件事，每当他的哥哥表现出一些怪异的聪资时，他会感到自己的存在变得稀薄。有一年冬天，王秋冬对他二舅说，要是有一天，哥哥的智力恢复了正常，爸妈会不会觉得我反而有点多余？二舅问，你为什么要用"恢复"这个词？王秋冬说，喝醉的人第二天会醒来，装醉的人随时都有可能醒来。二舅继续问，你认为王悲喜在装傻？王秋冬说，我见过智力低下的人，不是像他那个症状，他更像是……呃，怎么说，一个外星人？二舅说，有些智力缺陷的人，确实会在某些方面表现出天赋。王秋冬说，我爸让你经常来，就是觉得你能找到答案，你要是有空，多陪陪我哥。

王悲喜念中学期间，没有人知道他是王通华的儿子。王通华隐瞒得很好，以至于领导排课时也没有避嫌，机缘巧合之下王通华成了自己儿子的物理老师。王悲喜在学校里十分安静，班主任把他放在角落里，他在那儿用自己创造的语言和自己讲话。王秋冬认为，那是一门外星语言，他最常念叨的一个词"拉卡茨"就是外星人的意思。

当王悲喜物理老师的那一年，王通华过得非常小心。每天早上上班的时候，他开车把王悲喜载到离学校还有两百米的地方，偷偷把他放下来，让他自己走去学校。王通华则奋力踩下油门，驶入校门时摇下车窗友好地和保安打招呼。父子俩不小心走到一起时，他也会紧张地向撞见的熟人解释，这是他的学生。

上物理课的时候，他从来不叫王悲喜回答问题，以防他不小心说漏嘴。只有一次，讲到热力学的时候，王通华在讲台上问，既然火不能在真空中燃烧，那么，有哪位同学知道太阳是怎么回事？问题传到王悲喜耳朵里时，他正在用放大镜烤桌子上移动的蚂蚁，太阳光在他的操作下变成一个稳定的光点附着在蚂蚁身上。听到这一问题时他激动地抬起头来，响亮而低沉地说道，核聚变。

王通华没有继续问下去，而是假装出去接了个电话。这一场景已经在他脑海里应对了无数遍，因此当它发生时，王通华没有流露出丝毫犹豫和慌乱，也成功抑制住对儿子这一表现的惊讶。他变成了一瓶猛烈摇晃后的汽水，但是只要用力按压住瓶口，就没人可以看到他内心兵荒马乱的场面。

王通华接完那通无人拨打的电话后回到教室，在黑板上写下焦耳公式。王悲喜已经在蚂蚁身上烧出一个大洞，目光如炬地盯着黑板上的公式。那是里程碑的一刻，他把往后所有的精力都用于和这一定理相抗争，像一个掉入物理海洋的溺水者，用最笨拙的姿势拍打起不成气候的浪花。在他的小实验室里研究球体运动、杠杆和电路，金属摆件摩擦碰撞的声音终日飘荡在屋子里。可惜王通华无法意识到儿子这一行为背后的意义，愤怒而武断地将其归为智力低下的表现，认为这是一种来自命运捉弄的讽刺行为：作为物理老师的孩子却投入到永动机的研究当中去。

中学毕业后，王悲喜在解放南路的一个小巷里和师傅学习理发的手艺。入职初期，每天的任务只是洗头，数月之后拿起了剪刀和推子。理发时和顾客谈论天文学，就地取材地说道，如果人脑是一颗星球，那么理发店就是一个小星系，理发师围绕顾客做圆周运动，像地球和太阳一样。

　　王秋冬去过一次理发店，他坐到椅子上，王悲喜问他剪短还是修理，之后再没和他谈论起头发的事。王悲喜开始喃喃自语，太阳系中最大的行星是木星，最小的行星是水星，火星上可能存在外星人，土卫十八和土卫十五的形状像飞碟。正如王秋冬判断的那样，当王悲喜谈论起天上的事物时，他的智力会变得和正常人一样。王秋冬问他，你相信星座吗？王悲喜说，不信，你也不要信。那一瞬间王秋冬看到自己的头发无规则地掉落在干净的围布上，像白纸放进打印机印上黑字后被吐出来的模样，用手指轻轻一弹，头发顺着围布滑到脚跟。王悲喜说，你出生的那天晚上，天上那么多星座里，唯一缺席的是你自己的星座，怎么能信这个？王秋冬说，那你相信有外星人吗？王悲喜来了兴致，说，宇宙无限大，就有无限种可能，任何一种数值都可以乘以无数，地球人存在，外星人就存在。

　　王悲喜第一次提到"外星人"是在二年级的一堂班

会课上,他站上讲台,顶着黑板上的"我的理想"四个大红字,认真说道,我想当一名外星人。底下发出零零碎碎的笑声,班主任说,你先下去,想清楚了再上来。王悲喜说,我想清楚了,我就想当外星人。班主任把他撵下讲台。月底,他在家长会上分享了这件事,一片哗然和笑声中,王通华站起身,说道,理论上讲,只要存在另一个星球,那我们对于他们来说就是外星人,小孩子不会表达,他的意思是想当宇航员。经由王通华的解释,这一宏伟的理想顿时把所有人都比了下去,嘲笑变成了鼓掌。王通华没有为赢得喝彩而感到丝毫欣喜,他心里清楚,一旦谎言被人认可,真相就会变得更加难以接受。因此在王悲喜的成长过程中,他始终扮演着一个冷漠以至残忍的角色。

王通华从来不会带两个儿子一起出门,营造出自己只有一个儿子的假象,以至于多年以后,当王悲喜突然离家出走,闹得家里人不知所措时,只有他松了口气,仿佛二元方程中终于消去一个未知数,人生这道难题顿时豁然开朗。最令王通华欣慰的是,王秋冬长到十五岁后,兄弟俩的外貌越来越相像,他们相差五岁半,却拥有相同的体格，相近的习性，他们同样的沉稳、安静，哥哥因笨拙而少语，弟弟因内向而寡言，这些殊途同归的特征让同一屋檐下的亲人也难以分辨。有一天晚上，王悲喜穿上弟弟的衣服，坐到餐桌前吃掉了父母给王秋冬准备的银耳汤和剥好壳的基围虾，那是他们给熬夜做功课的弟弟准备的夜宵。当王秋冬饥肠辘辘地去厨房寻找食物时，王悲喜正躲在车库的门后窃笑。

王悲喜尝到了好处，开始有意地描摹弟弟的形态举止，给自己配上和弟弟一样的眼镜，更勤快地剃胡子，模仿弟弟的穿衣风格，家人间的猜忌逐渐加深，母亲常常要依靠发型和肤色上的细微差别才能分辨出来，为此，王通华在客厅里换上了一盏更为明亮的吊灯。但是对他而言，这也是一个有利的事情。那些在背后讲闲话看热闹的邻居和朋友都惊讶地以为王悲喜的智力不再有问题，也有人敏锐地怀疑王通华生了第二胎，各种猜测甚嚣尘上，使得王通华一家人变得愈加神秘。

做了一年理发师后，王悲喜被理发店辞退，原因是理发时过于神神叨叨，吓跑了不少老顾客。失业后的第一个晚上，王悲喜去接弟弟放学，他问王秋冬，想不想看外星人？王秋冬点点头，把书包扔在教室，跟着王悲喜朝离家五公里之外的旷野上走。他们穿过了河亭大桥，来到了郊外，远处楼房的影子被黑夜淹没，窗里的灯光像无数盏孔明灯定格在夜幕上。杂草丛生的野地与石头缝中传出不同虫子的叫声，在夜空中搅拌到一起。沿岸垂钓的人们打着灯光照向湖面，坐在小塑料凳上仿若雕塑。

王秋冬问，哪里有外星人？王悲喜弯下身，边走边在地上寻找着什么，用手在草堆里扒拉几下，捉到了一只乌龟。王悲喜说，以前有一群宇航员，带了地球上的各类动植物去太空里找新地球，飞了上百年，没能等到飞船降落就死了，乌龟寿命长，只有它们还活着，那个星球的人把乌龟当作外星人。王秋冬说，哥，跑这么远就来看乌龟吗？王悲喜摇了摇头，说，在我小时候，老是梦到一个场景，我来到一个宽阔的平原上，一架宇宙飞船在我头顶停住，它不是圆形的，而是像扇贝一样。后来我发现那不是梦境，我就是外星人，他们会在我三十岁那年把我带走。王秋冬说，别说胡话了，你是我哥，你要真是外星人，那我也得是外星人。王悲喜，你也想当外星人吗？王秋冬问，这怎么当？王悲喜说，我是外星人，你成为我，你就是外星人了，我可以借你当一段时间外星人，我们长得很像，二舅有时候都分不清，先把衣服换了，眼镜摘了给我，再帮你弄下头发，没有人能认出来。王秋冬说，哥，爸妈都说你傻，可我从来不这么认为，别人只是没法理解你的想法。王悲喜说，从明天起，你就是我了，好好待在房间，少出来，我替你去上学。

　　第二天早上，尚未调整的生物钟使得王秋冬在六点半醒了过来，屋内陌生的陈设第一时间提醒他已经开启了王悲喜的生活。王秋冬七岁那年，已经过了和父母一起睡的年龄，为了给他腾出房间，父亲把王悲喜赶到了车库去住。车库的一面是墙，另一面是卷帘门，没有窗户，只有卷帘门左上角被王悲喜挖出的一个洞，角落里的一架天文望远镜正指向那个洞口。房间里到处摆放着机械和零件，有一台状如电风扇的机器从昨天晚上开始就不停打转，圆盘内被分成许多等量的小隔间，每个隔间都有一颗金属球，转动的样子极具美感，好像杂技师用双手在空中抛球转圈。王秋冬睡觉前想把它关掉，但是没有找到开关,甚至连电源插座也没有。他把其中一颗金属球取下,机器很快停止了转动,他将取下的金属球放回,机器开始重新运作,仿佛永远也不会停下。

等到哥哥放学以后,他迫不及待地去询问王悲喜关于机器的事,王悲喜声称那是一台永动机。他说,我还没完成改良,现在只是一个模型,昨天晚上它转了多久?王秋冬说,一直到第二天都没有停下。王悲喜掏出一本皱巴巴的小本子,在上面记录着什么,又问,当外星人的第一天,能适应吗?王秋冬说,哥,你没被人发现吧?王悲喜说,别再叫我哥,我怕你说漏嘴。王秋冬说,教物理的田老师跟爸关系好,老是找我谈话,我就怕他点你名字。王悲喜说,别担心,能瞒过爸妈就能瞒过所有人。王秋冬说,说回永动机的事,我不想看你白忙活,这个东西是不存在的,爸爸应该讲过。王悲喜说,能量守恒,你是想说这个吧?我就是做给他看的。王秋冬说,原来你都懂。王悲喜说,如果外星人存在,永动机也一定存在。

王悲喜从车库走出时,正好撞见了父亲,本能地看向别处。王通华流露出不快的神情,但并未多说一句,径直走向厨房。母亲走到车库门前,敲了三下。以往每到这个时候,王悲喜就会从他那锈迹斑驳的洞穴中走出来,听弟弟在餐桌上向父母汇报学校里的事情。面对这个成绩优异、心地单纯,但却夺走了父母所有宠爱的弟弟,他没有流露出嫉妒与怨恨,尽管在父母看来这完全是因为他的心智迟钝导致。互换了身份的兄弟俩与父母在同一张桌子上吃晚饭,弟弟坐在哥哥的位置,哥哥坐在弟弟的位置,这世上再没有人可以把他们区分开来。他们同时夹同一个碗里的菜,用同一把勺子喝汤,刻意挑衅着父母的注意力,他们沉醉于这个迷人的现实游戏,暗自嘲笑父母笨拙的眼力。

晚饭过后,王悲喜去车库重启他的永动机,尽管过去了一天一夜,机器仍然在艰难地做圆周运动,在势能转换的临界值前显得奄奄一息,但经过最高点的那一刹那仍旧活力不减。这是王悲喜的摩天轮乐园与转轮仓鼠,比世上任何活物都具有生命气息。他来到机器面前,左手掐住右手手腕,伸出右手拇指和食指,状如一把镊子钳,小心翼翼地将金属球取下,等机器停滞后重新放回隔间,永动机仿佛被喂食一样顿时活力四射,金属球在画有鹦鹉螺纹的转盘中猛烈翻滚,迸发出无限魔力与灵气。王秋冬被眼前的这一幕感染,怔怔地躺在床上,确信自己正在面对这世上诸多奇迹中的一种,他的哥哥是一位尚未被发掘的能工巧匠,绝非父亲形容的那样智力不全。当天晚上,一个可怕的噩梦裹挟了他,哥哥正在取代自己成为王秋冬,成为智力更高的那一位,他再没有证据证明自己的真实身份,因为智力是区分他们兄弟俩的唯一特征。王秋冬从噩梦中惊醒,弹起身子,睁开眼睛,永动机趁机映入眼帘,巨大的鹦鹉螺纹仿佛要把他整个吞噬。

隔天晚上,当王悲喜再度进入车库重启他的永动机时,王秋冬一边盯着机器内的一颗金属球打转一边问他,什么时候才能换回身份?王悲喜兴奋地对弟弟说,我脑子里有个进度条,永动机已经完成了百分之八十。王秋冬说,完成以后呢?哥,我想回去上学了。王悲喜说,跟你说过了,现在不要叫我哥。王秋冬说,只是提醒你,不要忘了真身份。王悲喜说,今天物理课上被老师问了问题,球体做圆周运动时向心力的拆分,我做了小半辈子永动机,这问题难不倒我。王秋冬说,哥,我想回去上学了。王悲喜有些愠怒，说，很快就好了，你不用急，谁也不是一下就能适应当外星人的。

　　王悲喜从车库出来时，父亲已经守在门口，这段时间他已经察觉出这对兄弟身上有些异样，但无法言明。自从王悲喜被理发店辞退，没日没夜地待在车库捣鼓些奇形怪状的东西，他只进去过一次，是趁王悲喜上厕所的时候，在车库里废弃的大电视机上发现了十三张机械图纸，线条粗糙，只能依稀辨认出磁铁、杠杆和齿轮的轮廓，图纸的右下角无一例外地标注了"永动机"的字样。王通华不是身为父亲而生气，而是感到自己物理老师的身份受到了冒犯。多么可笑无知的行为，好比一把错误的钥匙插入锁孔，却仍然固执地在里面搅动，妄图打开这扇不可能的大门。

　　王通华仍未分辨清楚兄弟俩，对着王悲喜问道，秋冬，你老是去你哥房间做什么？王悲喜关上车库门，有些骄傲地说，哥说他快发明永动机了，我去观摩。王通华勃然大怒，说，这家里有一个傻掉的就够了，离他远点。王悲喜说，要不是我哥傻掉了，恐怕也没有我吧？王通华眉头一紧，问，是不是悲喜跟你说了什么？王悲喜说，他知道个什么，在你眼里他不就一傻子？王通华说，不说他，先说说你，田老师今天跟我打电话，物理考试23分，连欧姆定律都写不来，有没有这回事？王悲喜咬着牙不说话，父亲把他带到客厅角落，憋着一口气，说，爸就你这么一个儿子，没别的指望，家里得出一个大学生吧？王悲喜问，我哥他不是你儿子？王通华说，你怎么老提他？早知道他对你影响这么大，当初我就该狠点心。王悲喜问，狠心干什么？王通华说，我不瞒你，在你出生之前，有一次我在公园里把他弄丢了。王悲喜说，你故意这么做的？王通华长叹一口气，把手搭在他的肩膀上。王悲喜拍掉父亲的手，说，他做永动机，是做给你看。王通华说，什么意思？王悲喜说，不为别的，因为你是个教物理的。王悲喜说完后立刻跑回房间，留下王通华站在原地，如淋大雨，身体僵硬，脑海里闪过二十年前王悲喜在公园骑旋转木马的那个下午。

第二天早上，王悲喜拎着书包和衣服来到车库，叫醒熟睡中的王秋冬，递给他一副眼镜，提出要换回身份，王秋冬欣然答应，翻出镜子开始整理发型。短暂的假期迎来了终点。那时王秋冬并未察觉到异样，又害怕哥哥反悔，没有多问。晚上回到家时，原本杂乱狼藉的车库已经被清扫搬空，母亲声称王悲喜决定搬出去住，下午就请了搬家公司打包他的私人物件，动作迅速仿佛早有预谋，只留下了一台天文望远镜。临走之时，母亲没有阻止王悲喜，并非心肠残忍，而是受制于王通华在家中的主导地位，习惯性地顺从他做出的裁决。回顾过往，由于不知道该以何种态度面对这个难以捉摸的大儿子，为争取一个好母亲的角色，只好把情感和视线都倾注到另一个儿子身上，以此来麻痹自己。

起初，王秋冬仍期待着能在节假日见到哥哥，然而父亲对此漠不关心，母亲也自欺欺人地安慰他和自己，王悲喜已经具备独立生活的能力，不再需要他们的帮助。王秋冬没有放弃等待，坚信过年之前他一定会踏着爆竹响声回到家中，在一次次失落中他的期盼被无限延长，尽管如此，他也没想到下次见到王悲喜已经是七年之后。

在这七年里，王秋冬高中毕业，考上大学，遵从父亲的要求念理论物理专业。他去省外念大学，坐火车需要十五个小时,三个月回来一次。大学四年间,他学会了拉小提琴,学会了画工笔画和写古体诗,健身并上了半年的拳击课。毕业之后曾有去画院工作的打算,却被父亲粗暴地安排到市里一家中学工作,子承父业,当物理老师,父母给他买好了房子,安排了相亲对象,二十五岁时和一个银行经理的女儿结为夫妇。夫妻俩住进了新房,平时各自忙工作,周末回家探望父母。

这家人逐渐淡忘了王悲喜的存在,刚开始那会儿,王秋冬会为家庭的不完整而哀叹两句,但父母从不在餐桌上主动提起这个人。时间一久,王秋冬也没有办法在日常琐碎的聊天中找到引向王悲喜的契机,最终接受了父母的主导,以至于到他结婚时,女方家也毫无意外地以为王秋冬是家中的独生子。许多年过去,当他偶然间想到这个神秘诡异的亲哥哥时,记忆之树上不断延伸出被遗忘的旁枝细节,仿佛清晨醒来时回忆昨晚的梦境。

七年之后的一个傍晚,王秋冬像往常一样下班回家,妻子正在厨房熬粥。王悲喜打来电话时,他从沙发上弹起,仿佛一台年久失修的机器突然接通了电流。他拿起遥控器,将电视机的音量调至最小,不停地在客厅里来回转圈，惊讶之情溢于言表，面对妻子警觉的眼神也能做到视若无睹。王悲喜告诉了弟弟自己的住址，离家只有两条街的距离，七年间他一直待在那里，有时上街散步，本能意识将他带上归家之路，出于体面和尊严，最终在踏进小区门口之前转身离开。当王悲喜在电话中声称他发明了永动机时，王秋冬认为他已经彻底失去理智，但仍然提上一瓶昨晚喝剩的红酒，朝着哥哥的住址走去。

  王悲喜住在老街的巷子里，巷口是卖水产的集市，屋子周围终日笼罩着鱼虾的腥味，门前的石径缝里青苔累累，房子下方围起的铁板已经生锈。这是一间狭小的屋子，因终日晒不到阳光而阴冷潮湿，一台永动机就占去客厅三分之一的空间。这是王悲喜七年以来的成果，已经不同当年只能维持转动两天的那台，新造的永动机骨架更为庞大，近乎一台双开门冰箱。只有中间靠上那一块是放置金属球的转盘，每颗金属球都涂上了不同的颜色，一块块长条铁板将它分成数十个隔间，每个隔间一颗金属球，每块铁板延伸到机器里面。在王秋冬的想象中，机器背后无数的齿轮与轴承搭配出复杂的构造，牵扯着中心轮不停地运动,但基本物理常识仍然提醒他不可能是永动机。他的视线久久地落在机器上,金属球打在铁板上发出"嗒嗒嗒"的声音,转盘依然沿用了鹦鹉螺纹的图案,漂亮的弧线如投石湖面形成的水纹一圈圈往外延展。王秋冬已不再是当年那个性格内向、懦弱胆怯的中学生,不再会陷入王悲喜营造的语境当中,虽然嘴上没说,心中坚定地认为永动机是物理学中的巫术,旋转的鹦鹉螺纹中也透露出低劣的催眠术的味道。

王悲喜说,虽然你精通物理,但是依然没能领悟永动机的奥秘,我替你可惜。王秋冬说,你做的东西很漂亮,应该去找个正经手艺活干。王悲喜说,我今年三十了,外星人很快就要把我接走。王秋冬说,回去看看爸妈吧,跟他们打个招呼。王悲喜说,他们现在怎么样?王秋冬说,爸爸很难过,他认为你变成这样是上天的过错,但上天不会无缘无故惩罚善良的人,他想通了,归根结底还是他的过错。王悲喜说,没有什么上天,天上只有外星人,他们会坐着贝壳状的飞船来到地球,船身上的漆用的是地球上没有的颜色,因此避开了众人的耳目,神不知鬼不觉地将我带离地球。王秋冬说,那是你想象出来的,我理解,人人都需要一个安全出口,火灾来了知道该往哪逃。王悲喜说,这台机器太大了,我带不走,代我转交给王通华,这是永动机存在的证明,也是我,他曾经的儿子,送给他最后的礼物。王秋冬说,哥,别再执迷不悟了,它会停的,它也许今天不会停,但总有一天会停的。王悲喜说,你听好了,这台机器一直运作,直到你死去的那天也没有停,那么对你来说,它就是一台永动机。

这次会面在不欢而散中结束,没等红酒瓶打开,王秋冬已经摔门离去,他认为哥哥已经魔怔,毫无挽回的余地。等到冷静下来之后,他怀着愧疚的心情想明白了,王悲喜落到这般田地的原因并非智力低下,而是他糟糕的成长环境。从他出生那天起,父母把对哥哥的关爱全部转移到他的身上。不该是自己的过错,王秋冬不得不安慰自己,父亲铁了心要生第二个孩子,即使他没有出生,也有另一个生命代替他。王秋冬从裤子口袋里摸出一颗硌腿的球状物体,这是在临走前从机器上偷偷摘走的一颗金属球,意外的是机器没有像他预料中那样停止运作,这一现象非比寻常,尽管不足以颠覆他的认知,但王悲喜的执着使他不寒而栗。他去熟食店买了几个菜回家,对妻子声称自己去见了一个患上绝症的老朋友。

出于良心上的不安,王秋冬向父母说了王悲喜的情况,王通华像听过时新闻一样毫不惊讶,直到讲起他仍在制造永动机时产生些许震颤。王通华说,他只是想用永动机来羞辱我罢了,可惜是个死脑筋,把精力花在可笑的事上。母亲则认为既然各自的生活都尘埃落定,没必要再为往事耿耿于怀。于是每到周末就让王秋冬送些蔬菜和食材过去,王秋冬不愿和哥哥多谈,通常把东西放在门口,敲两下门,朝窗口望一眼,确认人在屋里便转身离去。

三个月后,当地电视台上报道了一则新闻,城郊的荒地上突然出现了一个坑,嵌地不深,直径却长达五十米,专家认为是陨石所致,但现场并未勘测到残留物,由于它的形状比起圆形更趋近于扇贝状,有人大胆推测是外星飞船降落的痕迹。周六傍晚,王秋冬去给王悲喜送东西,发现人不在家,这是头一回遇上这样的事。即便王秋冬从未相信过王悲喜那套关于外星人的理论,但仍在第一时间想到了最荒唐的画面。他推门而入，发现大门并没有锁，屋内的东西陈列整齐，电闸也已经关闭，只有永动机上的鹦鹉螺纹像中了邪一样不停转动。

王秋冬躺在王悲喜的床上，坚信他会在永动机停止转动前回家，一夜过去，屋子仍旧空荡荡，金属球敲击铁板的声音让他有些气急败坏。之后的日子里，王秋冬每天下班都要过去一趟，一个月后，依然没能等来王悲喜归家的身影。他想过报警，但是父亲显然不愿再与王悲喜产生瓜葛，妻子那边又隐瞒至今，不好交代，因此作罢。最后一次去时遇上了王悲喜的房东，房东声称合同已经到期，准备把房子腾出来重新出租。当房东将门打开时，王秋冬在与鹦鹉螺纹的对视中陷入崩溃，永动机仍在以不可阻挡的势头不停运作，不受时间与物理法则的影响，像一根永远燃烧却不会减灭的蜡烛。

王秋冬帮王悲喜整理遗留物品，他的生活用具很少，除了永动机之外，其余东西统统卖给了废品站。永动机不仅外形庞大，比他想象中还要沉，专门叫了搬家公司的货车。按照王悲喜之前的嘱托，他将永动机运往父母家中，放置在客厅里。他告诉王通华那是一台永动机，至少转了一个多月没有停。王通华嘲笑儿子愚笨，认定机器内部装有大量电池，他朝里面泼了一盆水，机器没有受到任何影响。王通华又去学校实验室里拿了工具，可经过一番检测后发现没有任何电磁反应，惊讶之余向王秋冬问起王悲喜的情况。王秋冬说，事情是这样，上次见他，和当年一样，还是说胡话，被外星人带走之类的，前段日子那个新闻，你也知道，在那之后，人就没了。王通华说，你还信这种天方夜谭？王秋冬说，这不是到今天也没弄明白那坑是怎么一回事吗？王通华说，不管怎么回事，肯定跟他没关系，我估计是借着这事玩失踪，让你往这方面想。王秋冬说，不至于吧，这么做没意义。王通华说，跟傻子讲什么逻辑？他就喜欢故弄玄虚，这东西你给我扔了，太占地方。王秋冬罢了罢手，说，好不容易搬上来的，要扔也等它停了再扔。

　　王悲喜制造的永动机回到了他曾经的家中。从那以后，每天早上王通华踏出卧室都能看到鹦鹉螺纹像恶魔的眼睛一样盯着他，时间一长便觉头晕目眩，金属球在里面煞有规律地上升下降，看上去没有任何力量能阻止它继续旋转。他从未想到一堆机械零件组合的东西能催生出如此强大的生命力，家里像多了一个宠物，无时无刻不在发出金属撞击般的叫声。几天之后王通华终于无法忍受，将永动机上的金属球全部取下，机器果然停止了运作。王秋冬周末回家，告诫父亲这样做等于承认了它是台永动机。王通华被激怒，大声呵斥道，你和你哥非要把我弄疯不可？王通华不甘在这场荒唐的较量中败下阵来，于是又把金属球放回机器中，鹦鹉螺纹再次启动，它毫无情感的运作方式充满了讽刺的意味。

那时王通华已年近六十，即将退休，耳朵不再灵敏，脑子也开始犯浑，经常在黑板上写出无人能懂的公式，经学生提醒才反应过来。王通华察觉到这是永动机在作祟，它侵蚀着他的脑神经，使他无法再面对旋转中的东西。夏天走进教室，第一件事是关掉电风扇，任凭汗水浸透衣衫，一个月后背上长满了痱子。妻子每天晚上帮他抹炉甘石洗剂，并询问丈夫的种种异常表现。王通华不愿承认这些影响来源于那台荒诞的机器，私底下偷偷把永动机搬进车库，这一举动耗费了他大量体力，他终于意识到自己年老体衰，已经是一把老骨头。彼时永动机已经转动了四个月之久，活力却丝毫不减。蛛网在车库中如薄雪般覆盖废弃的家电、被蛀虫咬蚀的椅子和老鼠粘板，却对永日转动的鹦鹉螺纹无可奈何。这是王通华一生中见过的最为恐怖的事物，他再没有理由去怀疑上帝、挑战魔鬼，大胆地猜测鹦鹉螺纹中心的圆点正是宇宙的中心，因此才能凭空产生如此强大的能量。他开始痴迷于科幻小说，把虚幻的故事当作真实世界去享受，为自己短暂的一生囿于浅薄的知识而惋惜。

　　一年后，学校决定让王通华提前退休，原因是收到多名学生的举报，投诉他讲课毫无逻辑，严重脱离书本。经查证后校方认为王通华的精神出现了问题，极有可能患上了阿尔茨海默病。最初是在一堂讲解热力学定律的物理课上，王通华突然对能量守恒提出了质疑，声称永动机是真实存在的东西，而且他家中的车库就有一台，运作了一年多也没有停下。他全然不顾学生惊恐的眼神，将带有公式的那一页课本撕下，从上衣口袋里摸出打火机将它点燃，掐着纸团的一角仿佛拎着一团火焰，同时不忘向台下问道，众所周知火不能在真空中燃烧，那么，有哪位同学知道太阳是怎么回事？

那一瞬间王通华突然灵魂穿越，抬起头朝教室的角落里望去，看到王悲喜正在用放大镜炙烤桌子上的蚂蚁，天空中传来飞机轰鸣的声音。直到教室里过于吵闹的动静把隔壁老师引来他才恢复了理智，意识到那已经是十五年前的事情。这是他在王悲喜八年前离开家之后第一次主动回想起这个人，不愿面对的原因在于，作为父亲的他感到罪孽深重。到了周末，他去了趟王悲喜二舅的家里，当年发现王悲喜的智力问题后，他把教育儿子的基本任务扔给了他的二舅。

二舅说，有两件事我还记得，第一件是一年夏天，他跟我女儿说晚上有流星雨，后来我带他俩去了趟河边，果然有。王通华问，这有什么稀奇的？二舅说，你想啊，那会他才多大？十岁不到，电视也不看，哪能知道下流星雨的时间？王通华瞪大眼睛，又问，那你说他怎么知道的？二舅说，搞不清楚，所以到现在还记得，我跟你说，他一讲起天上的东西，一点也不像那儿有问题的人。王通华说，这事秋冬也跟我提起过。二舅说，他有点固执，爱钻牛角尖，这是第二件事，他认为动物跟人一样，也有交流语言，抓了两只老鼠研究，有一次端到餐桌上，把我女儿吓哭了。王通华问，他说自己是外星人，你知道是什么原因？二舅长叹一口气，说，你不把他当儿子，他也没法把你当父亲。

退休之后，王通华又把永动机从车库里搬出来，在与鹦鹉螺纹的对视中打发时间。王秋冬多次来看望父亲，但一次也没有带上过自己刚满四岁的儿子。在一次家庭聚餐中，王通华抱着孙子给他喂食，将带壳的基围虾塞进他的嘴里，喃喃说道，跟王悲喜小的时候一模一样，不如给他改个名字吧？王秋冬认为父亲已经发疯，他提到王悲喜的次数比他过去三十年来都要多，正如他预料的那样，心智脆弱的晚年已经无法承受过去犯下的种种罪行。医院的检查结果显示王通华并没有患上阿尔茨海默病，只是单纯的精神问题。有一次他在节假日跑到学校，在空无一人的教室中上课，大谈热力学和永动机，对着幻想出来的学生宣称他的儿子造出了世界上第一台永动机，破坏了宇宙中的物理法则而被外星人带走。没过多久，街坊邻居全都知道了他有个失踪的智障儿子，王通华荒诞的言辞让旁人愈加地好奇，妻子再也无法忍受别人背后的风言风语，对着他骂道，你根本就是个神经病！生出来那样的儿子一点也不奇怪！王通华坦然地驳斥道，恰恰相反，看看这台永动机吧，它永远也不会停下来。

家中正在发生一些微妙的变化，饭菜放进冰箱里，拿出来时会少掉一半，一些常用物品如剪刀、杯子常常会凭空消失，过段时间又从另一个地方出现。妻子认为是王通华干的，叮嘱他血压高，不能吃太多肉食，王通华没有回话。她朝客厅看去，他正毫无意外地坐在永动机面前，耷拉着脑袋，一副精神失常的脸孔，艰难地用食指和大拇指将碧根果碾碎，从中挑出两粒果肉颤颤巍巍地放进嘴里，对妻子的叫唤充耳不闻。有一次趁王通华睡着，妻子偷偷跑到客厅，试图让永动机停止转动，用上了晒被子时的夹子，缝衣服的针线，炒菜用的锅铲，无一成功。除了将金属球全部取走之外，没有任何办法能阻止它运作，就连从未接触过物理学的她也意识到这是一个反常现象。她在鹦鹉螺纹面前迷失了自己，直到丈夫的声音从她脑后传来，说道，别傻了，这是永动机，让它停下如同让毛毯跳舞一样荒谬。

这个家庭再也无法获得平静，王通华对这台机器产生了夸张的崇拜之情，每天用净水对它进行清洗和保养，甚至在祭祖的时候也朝它跪拜，并向绝望中的妻子解释道，凡物理学不通之处皆有神明。他在永动机面前列数自己一生中的过失，除了对王悲喜的歉疚之外，更为自己把一生都献给错误的物理学而羞耻。他疯狂而坦然地释放自己，最终获得了解脱，精神变得跟永动机一样亢奋，随着金属球的撞击声翩翩起舞。

在永动机搬进家门后的第五年，王通华积劳成疾，在机器面前的椅子上永远睡去。他留下了遗嘱，然而上面没有任何关于财产分配的字句，通篇都在谈论永动机，声称这是人类有史以来最伟大的发明，它不该作为私人财产，应当捐给科研所，假以时日，等到物理学家们研究出它背后的奥秘，物理课本将全部改写，人类也能开发出用之不竭的能源，在星球大战中处于不败之地。这一系列福祉应当与一个人绑在一起，王悲喜，第一个发明永动机的人，既是他的儿子，也是外星人。他天赋异禀，对天体宇宙有神奇的感知能力，却被庸医误诊为智力低下，但仍不计前嫌，把永动机当作礼物送给他的父亲，现在由他转交给全人类。

王通华的葬礼结束后，王秋冬把母亲接到自己家住，隔天母亲让他回家取点衣服，并把窗户关上锁好。回到老房子中，王秋冬突然想起永动机还放在车库，一股特殊的力量驱使他打开车库门。事后回想起来，他意识到这种奇怪的知觉是由于他的耳朵边少了些往日总能听到的金属敲击声。在他将门打开的一瞬间，尚未从父亲的去世中回过神来的他再次遭受了重创，他格外分明地看到鹦鹉螺纹正以一种它从未见过的状态矗在那儿，王秋冬迟疑了十几秒，因为他首先怀疑的并非永动机停止了运作，而是时间停止了走动。他拿出手机，给母亲打了个电话，接通后第一句话是，它死了。母亲问，谁死了？王秋冬挂上电话，用手将前额的头发顺到脑后，走到它面前，两手托住腰部，准备挪到灯光下观察，却因用力过猛不小心把它推倒，这时他才发现机器比先前轻了不少。那一下摔碎了背后的木板，王秋冬走到背面，从中间把木板扒拉开来，发现机器里面有一大块空间，足够塞进去一个成年人，鹦鹉螺纹转盘的背后有一个金属小把手，只要拨上一下便能转动两天。

　　王秋冬汗毛直立，脑门上涔涔出汗，大腿根部不停地颤抖，唯一让他平复下来的办法是钻入机器当中，关上木门，用心去感受那一方窄小的空间，用双手、脚掌和背部去抚摸，试图测量出在里面待上五年后的感觉，但他很快意识到自己只是徒劳。他拨动了一下金属把手，听到了金属球敲击的声音，那声音使他感到些许慰藉。他仰起头，球体的影子盘旋在他的头顶，鹦鹉螺纹以鼻尖为中心，笼罩着他整张面孔，使他陷入了这场无止无休的旋涡当中。正如他十二年前在这个地方以王悲喜的身份醒来一样，他将以王悲喜的身份在这里再次睡去。

穿过一片玉米地

罗曼诺夫确信他在六岁时见到过宇宙飞船,那是一个春雨洗涤过后的明亮夜晚,空气新鲜得像条刚从水里捞起来的活鱼,田野里到处都是飞蝇。罗曼诺夫翻出围墙,准备去水塔上玩耍。燃烧的球状物划过夜空时,他正倚着一棵白桦树撒尿,手掌抚过树干的纹路,上面有句话,Всемгновенно, всепройдет(一切都是瞬息,一切都将过去)。这是他的祖父在 1961 年刻下的出自普希金的诗句,当年他用一根挖耳勺完成了这一壮举。祖父常常抱怨,如今已不是诗人的时代,他在耕田劳作的同时,也将这种愤懑情绪宣泄在农庄的每一棵树的树干上。

一阵来路不明的风吹过他的脸庞，罗曼诺夫感到额头上似有什么光亮，他的视线逐渐从尿柱上移开。多年以后，罗曼诺夫意识到那一次抬头断送了他整个人生，他原本可以成为一名中学教师，也可以去开牛奶车，或者如他祖父所愿，当一名诗人。但是那颗异状飞行物不由分说地落在了乌拉比诺镇五百米外的空地上，拖着长长的浓烟尾巴，仿佛拍摄照片时因晃动而产生的一道幻影。宵禁从九点钟就开始了，罗曼诺夫确定除他之外无人见证这一神迹，离坠落的地点只隔着一片玉米地，他没有片刻犹豫，就像丢失的东西是他身上的零部件一样，好奇又急不可耐地沿着方向寻去。

那一晚他见到了那艘无人认领的飞船，它在一座废弃的小木屋外刨出了一个大坑，罗曼诺夫赶到的时候，它已经如同窝在贝壳下的珍珠一样安详无害。这艘飞船与识字读本上画的全然不同，并非是一根长筒火箭，也不是盘子状的飞碟。它的顶部是个巨大的球状空间，尾端连接着一圈推进器，整体看上去像一只触手紧紧裹在一起的章鱼。罗曼诺夫从木屋旁的电网下捡了根金属棍，爬进坑中，用力敲打飞船的头部，金属棍碰撞后发出"咣嘶咣嘶"的空灵声响。即便他年纪尚幼,也明白这种声音不是地球上的物体能够发出的。

第二天,乌拉比诺镇发生了异样的变化。先是有居民发现窗玻璃上出现了奇怪形状的裂纹,随后农场里的奶牛开始无端号叫,工人们激动地以为这是要生小牛了。更加细心的居民察觉到打开水龙头后,水下落的速度变缓了,原本只要半个小时就能注满的大浴缸,现在需要四十分钟。罗曼诺夫的祖父也许是唯一兴奋的人,因为他感到脑子里突然之间收到了源源不断的诗歌灵感,仅仅一天时间,他就写下了将近一千行诗句。

飞船被居民发现后,政府的人来了,他们将乌拉比诺镇整个封锁起来。镇上的人先是被送到了赈灾营,随后又安排到新的住所。乌拉比诺镇被划为了军事研究基地,政府要求居民们保守秘密,但并未逼他们签下任何带有奖励性质的保密条款,因为官员们认为,即使此事传到外边,也不至于有人会荒谬到信以为真。

离开镇子以后,罗曼诺夫和祖父一起生活了十七年。那次经历给罗曼诺夫留下了无法磨灭的印象,此后他几乎没有错过任何一个夜晚,总是在月亮升起之时虔诚地望向夜空，他相信闪耀的群星当中会有一颗为他而落下。时光流逝，他不得不承认那个夜晚发生的一切只是偶然事件，外星飞船不会频繁光顾地球，人类也全然没把外星人当回事，它们只是用来丰富科幻小说的想象元素。意识到这一悲观的现实后，罗曼诺夫决定主动出击，中学毕业没多久，他立刻加入了一家航空俱乐部学习飞行技术，随后以优异的成绩进入苏联最好的飞行学校。经历过两次世界大战，所有国家都明白了航天技术的重要性，飞行学校的军官一再向他们强调，将来的战争是飞机的战争。但罗曼诺夫认为他们目光短浅，在地球之外，深邃而璀璨的广袤空间里，有着远比战争更为重要的事情。

一直到从航空学校毕业，罗曼诺夫从没有怀疑过自己的命运将会与众不同。他虽性格沉闷，也不是工于心计的人，但在校念书的那几年，他从未受到过欺负。罗曼诺夫以一种超越同龄人的智识和自信获得了大家的敬畏，祖父称之为"诗人的特质"。他在第一次试飞时就获得了学校有史以来最优异的成绩，不论是平飞、转弯还是盘旋，都像在胯下骑一根魔法扫帚一样游刃有余。

但在拿到毕业证的那天，空虚的劲头来势汹涌地浮上心头，一切以往的奋斗仿佛陡然消逝，记忆深处永不停息的"咣嘶咣嘶"的声音，也像断了电一般停止了敲打。

罗曼诺夫后来意识到，一生中难免有那么几次，人会荒唐地去怀疑自己的价值，那些他信以为真的东西正在慢慢消解自身的意义。他一度走进死胡同，无法解释自己的惶惑。他曾回到乌拉比诺镇，如今这里已是一片荒芜的空地，没有房子，没有水塔，更没有宇宙飞船。阴郁的天空笼罩着肃穆的土地，树上的椋鸟发出几声带血的啼鸣。这里已经不叫乌拉比诺镇，变成了一个被称之为"23区"的地方。面对这苍凉贫瘠的大地，即便将记忆力训练成一把锋利的刀，也难以在时间的冲洗下再次清晰刻画那个经历非凡的夜晚。他开始怀疑那是从梦境中跑出来的一段经历，因为一个六岁儿童的印象难以成为有力的证据。

那时他的祖父也已经老得不成样子，他不再写诗，而是在涅瓦河畔做起了贩卖纸花的生意，他所用的纸张是从自己的诗歌册子上裁下来的。他写了一辈子诗，但是顾客们皆是冲着那些精致的纸花而来，甚至建议他换一些没有字母的彩色纸张，这样生意会做得更好。苍老的祖父耗尽了整整一个晚年，也没有等到那个为了阅读他的诗歌而拆开纸花的人。

一个灯火黯淡的夜晚，罗曼诺夫执意要和祖父谈论往昔岁月，尤其是他们在乌拉比诺镇度过的那段日子。然而祖父很明确地告诉他，别犯傻了，自打你出生以来我们就住在这里。罗曼诺夫心想，这里是哪里？经过了一番短暂的追问，他才从绚烂的幻梦中走出来，他视线中的物体终于有了鲜明的棱角。这儿是梅兹达尔，靠近波罗的海的边陲小镇，一个摇曳着伟大口号的人间仙境：当你忘记时间，时间也便忽视了你。凡是在战争中受到创伤的士兵，都会被送到这里接受疗养。罗曼诺夫不敢相信，他质问祖父，说，乌拉比诺镇的树干上明明还刻着你的诗句。祖父说，得了吧，那是古希腊诗人才会干的蠢事。

在模糊的童年记忆与祖父不容置疑的证词中，罗曼诺夫选择相信前者，并且断定祖父已经到了神志不清的年纪。1990年的春天，罗曼诺夫入选苏联宇航员大名单的同一天，他的祖父在家中悄然去世，这几乎验证了他的判断。祖父的确老了，折出的纸花也不再铿锵有力，一阵清风就能将它整个展开，露出花叶背后的迷人诗句。罗曼诺夫收集了祖父留下的所有作品，此后每当面临重大关头，他都会像问神求签一样展开纸花，看看祖父会发表何种意见。

祖父第一次显灵是在一次心理技术测验中，几乎挽救了他的整个职业生涯。那是一项检验在强迫速度和复杂情况下能否保证工作能力的素质测试，最早由二十年代一位著名航空医生提出，后来纳入了宇航员的选拔体系。进入测试仓之前，罗曼诺夫打开了一朵纸花，上面写道，地球不是唯一的行星，流星坠落的地方没有名字。测试开始后，罗曼诺夫在水池中进行了飞船遇险时的演练，需要在设备故障的情况下启动应急装置，并且发送一段带有坐标位置的求救信号。罗曼诺夫一时间难以适应笨重的航天训练服，迅猛到来的漂浮感让他在狭小的空间内无法进行充裕的演算，他很快进入类似溺水的状态中，大脑脱离了身体独自运转。等到他回过神来的时候，测试结束的铃声已然响起。

苏联航天组为此专门召开了会议，因为谁也没有料到罗曼诺夫能在那种情况下迸发出富有想象力的诗句，除此以外最好的宇航员也写错了至少两个坐标数字，这让他们难以抉择最后一个候选人员。直到科学专家小组中的一名人员惊奇地发现，试题中的坐标地点曾经是一颗不知名陨石的坠落之处，恰好呼应了罗曼诺夫诗歌中的后半句。消息一出，就连向来不看好罗曼诺夫的训练导师也由衷地感叹道，事情居然就这么发生了。这次测验的结果让罗曼诺夫毫无争议地成为驾驶小鸟号飞船的宇航员。

　　罗曼诺夫被选入小鸟号还有另一个重要原因，法捷列夫在1992年3月对他点明。彼时他们已经远离地球三十多万公里，飘浮了六个月之久，时间早已失去了质感，就像在梅兹达尔度过的那段模糊的岁月一样。法捷列夫说，像我们这样没有亲人的人，更容易被派遣来执行机密任务，这有助于他们更好地保守秘密。这项任务起始于1991年9月，出发的前一天下午，罗曼诺夫在发射中心外的草坪上目视着高耸的小鸟号，一连抽掉了两包烟，将其视为告别前的最后享受，当他在太空里犯烟瘾时，他能凭借这份味觉记忆彻底地将嘴巴堵上。第二天上午，罗曼诺夫躺进航天舱里，伟大的倒计时在他耳边回响，他努力保持专注，不断地将手掌展开又合上，生怕陡然间从一张陌生的床上惊醒，一如他过往岁月中无数个碰巧成真的梦境一般。点火过后是一阵不间断的震颤，仪表盘上的数字开始闪动，他曾把乘坐火箭上升的过程想象为乘坐一架永不回头的颠簸电梯，直到那一刻他开始为自己无知的见解感到脸红。天空变暗的同时，罗曼诺夫终于与他记忆的源头再次相逢，六岁时丢失的灵魂重回到他的身上。他陶醉地张开双臂，仿若要挽起太阳一般感叹道，我这一生太需要这样的时刻。

这项被称之为"归巢计划"的提案是苏联航天史上最为荒唐的想法，缘起于那架在乌拉比诺镇发现的宇宙飞船，这让苏联当局重新审视外星人存在的可能性。他们解析了飞船内的一切信息，始终无法确定它的来意。只发现了一个太空坐标，经过初步判断，是它出发的地点，他们认为那里有连接另外一个文明的通道。1969年，当阿波罗 11 号登月球成功时，苏联当局怀疑美国得到了外星技术的支持，于是加快了"归巢计划"的进程，此行的最终目的在于探求地外文明，与外星人建立联系。这一过于科幻的提案引起了诸多科学家的反感，把赢得太空争霸的希望寄托在外星人上，还不如到教堂里虔诚地向上帝祈祷。但是没人能够对那架明显不属于地球的飞船做出解释，它是这一计划最终获批的唯一理由。

虽然罗曼诺夫曾陷入惶惑，但他始终坚信自己会与那架飞船再次相逢，只不过是多绕了一点弯路，就像丢失了夹在书中的书签，从头翻起也能找到中断的地方。罗曼诺夫在航天局重新见到了它，它杵在一个巨大的密闭空间当中，周围是一圈稳定架，仿佛实验室里待解剖的动物一样，已经失去了原有的活力。罗曼诺夫迫不及待地拿起金属棍戳向它，时隔二十年，他再次听到了那声熟悉的"咣嘶咣嘶"的敲打。罗曼诺夫为此震颤不已，起了一身鸡皮疙瘩。长久以来，宇宙飞船就像黑夜里的一把吉他，他能够借此发出一点像样的声音来对抗黑暗，他一度丢失了它，但是从今以后，他的信念再也不会产生丝毫动摇。

小鸟号升空后不到三个月，发生一件无比糟糕的事情，并且没有挽回的余地。1991年的年尾，苏联宣布解体。消息传到罗曼诺夫这里的时候，他正在拆开祖父的第十三朵纸花，上面写道，生活就像一头老母猪，不是你我二人能够操得动的。他花了一点时间才反应过来，他现在的身份是一个过时的苏联人，不属于地球上任何一个国家，面临着永远无法落地的窘境。因为苏联航天站的一切任务已被搁置，甚至流出了要卖给德国人的传言，人们已经不遗余力地投入到复苏经济的繁复工作当中。

罗曼诺夫心想，好吧，地球上没有安放我的位置了。他和法捷列夫探讨过此事，得出了一致的悲观结论，没有哪个国家会愿意花大价钱来接他们回家，加上"归巢计划"是一项秘密行动，他们已经被地球人彻底遗忘。那时罗曼诺夫开始失眠，尽管身处宇宙空间，他们仍然保持着地面上的作息习惯，这种有益生命的仪式变得不再重要。他的情绪一度要戳破氧气罩，不过当法捷列夫开始安慰时，他依旧摆出内心强大的架势。他的祖父是勃列日涅夫时代的老实农民，教过他如何在各种情况下保持体面。

他们比荒漠中的旅人更加悲观，坐以待毙地在永不落地的梦境中走向消亡，宇宙中的每一天都是夜晚，他们在机舱里用互诉衷肠来消磨时光，罗曼诺夫在回忆往昔中逐渐看清自己如何走到今天这一步。法捷列夫问道，那一晚你看到了什么？罗曼诺夫说，我穿过了一片玉米地。法捷列夫说，穿过一片玉米地，然后呢？罗曼诺夫不耐烦地说，我们已经输了，即使见到外星人也毫无意义，没有人可以拯救苏联。法捷列夫说，我们不是在替苏联做事，我们在为人类做事。罗曼诺夫说，恐怕你还没意识到，不论去哪，我们都去得不是时候。法捷列夫说，你穿过玉米地后，到底又见到了什么？

　　罗曼诺夫没有回答，因为他想起了新的往事。战争年代，祖父曾经受过伤，一颗子弹擦过他左膝盖的十字韧带，腿脚变得不听使唤。罗曼诺夫学会走路之后，经常像弹球一样在屋子里到处乱窜。祖父没有办法，便开始修路。他告诉罗曼诺夫，只能在他修建的范围内活动，其余的地方都是伪装完美的陷阱，一旦涉足就会跌入深渊。他还告诉罗曼诺夫，地球上的每个人，都在自己铺设的道路上活动。他用这种方式让罗曼诺夫留在身边，永远待在他目力能及的地方。每天的劳作结束后，祖父都会花一点时间来修路，让罗曼诺夫的活动空间不断扩大，与他成长的速度保持一致。祖父说，等到你长到十八岁，这条路就能通到彼得格勒。

飞船降临的那个晚上，是他第一次离开祖父铺设的路，来自头顶的异物使他全然忘记了脚下的沟壑，面对玉米地时他有一些犹豫，最终还是决定沿着火光寻去。他跑出去很远，等反应过来时惊慌不已，以为自己已经堕入了某种黑暗。多年以后回想此情此景，罗曼诺夫确信这是人类心中渴望火焰的本能。他没有慌张，也没有尿裤子，他在玉米地里留下脚印，那是他首次发现双脚可以在土地上踩出印记。1969年7月20日，阿姆斯特朗在月球上留下第一个人类足迹时，罗曼诺夫认为这就像他当时穿过玉米地那样。

那是他生命中最美好的一天，他没费什么劲就闯过了重重阻碍，见到了那架章鱼外貌的天外来物，并用金属棍向它打招呼。飞船顶部有一个突出的空间，像商场里的八角柜台，玲珑有致，光滑剔透。他仍在指望着什么，忽然之间八角打开了一角，发出淡蓝色的微光，此时地面还残留着点点星火，在飞船周围肆意飞扬，辉映中荡漾着壮阔的情绪。打开的舱门后面出现了活物，它有肌肉，也有脸，头上戴着透明头盔，脸上没有皱纹，仿佛皮肤表面浮着一层铜版纸做的面具。罗曼诺夫心想，这就是外星人了，它并不夸张，有人的样子，手指也是五根。它站在船体上朝周围瞭望，没有展露出凶蛮的态度。

罗曼诺夫就站在那儿，等它下来。那是罗曼诺夫人生中第一次和祖父之外的人交流，他没有像祖父想象中那样变成一个沉默内向的人，相反，因为那次与外星人接触的经验，让他足以有底气去应付人类。外星人比他高大许多，已经是成年人的形态，身上穿着斑马条纹的防护服。他们不通彼此的语言，罗曼诺夫挑起金属棍，在地上画了一个圈，泥土像蛋糕一样松软，就是虫子有些多。他继续往下画，画出了身体、手和脚，这是人类的形状。外星人蹲下身来，端详起地上的图案。罗曼诺夫兴奋不已，又画上一个月亮的图案，他伸出了手，和黑暗中另一只陌生的手臂碰到了一起，沿着肘部一直滑过整条小臂，他摸到了厚实的肌肉，也感受到从中延展出来的生命空间，它有脉搏，也有血液流淌的痕迹，似乎还有麝香的味道。罗曼诺夫朝着天空中指去，又用棍子敲打了两下地面，告诉它，这是月亮。不过那天夜晚的月亮稍显圆润，并非如他所画的那样弯钩似弧。但外星人心领神会了这一切，它从杂草堆里折下一根木棍，在月亮下面写下了一串奇异的文字符号，罗曼诺夫借着月光辨认了出来，这是他学会的第一个外星语。

他们就这样交流起了各自的文明，罗曼诺夫摘了一只玉米递给外星人，并在地上写下，кукуруза（玉米）。外星人的眼神中透露出疑惑，仿佛食客在琢磨一道未曾见过的菜品，罗曼诺夫明白了它们星球上并不种植玉米。随后他们又探讨了蝴蝶、奶牛和自行车，他把金属棍当作笔，鞋子当作橡皮，安静的田地里扬起一阵阵小沙尘。后来他们又在水池里用波纹展开意义模糊的对话，在一次次呼唤与回应中逐渐拉近了彼此的距离。

罗曼诺夫唯一遗憾的是，他与外星人相遇的时间过早。以至于没有做好任何准备，就连大脑也处在一生中最模糊的阶段，好比买了双大码的鞋子，由衷地期望身体能够迅速长大。如果是现在，他能问出更多关于文明的东西，而非仅凭一份赤诚的孩童之心，永无休止地赖在那个长眠不醒的夜晚。黎明之后，罗曼诺夫再没有见过外星人的身影，时间无情地在这条路上伸长延展，使得记忆逐渐变成一幅吹弹可破的柔软拼图，他需要时时刻刻警惕碎片的遗失，才能避免陷入面目全非的糟糕处境。

隔日清晨，祖父比往常起得要早一些，他走进厨房准备早饭，用牛奶冲泡玉米片。罗曼诺夫从床上醒来，脑子里仍有意犹未尽的片段，他急匆匆地跑到屋外，穿过门廊时不小心打碎了祖父用了十几年的咖啡杯。祖父说，不论你想看到什么，他已经走了。罗曼诺夫并不理会，当着祖父的面离开了他修建的路，没有任何犹豫和磕绊。祖父望着他的背影，不可避免地忧愁起来，悲伤地看着他离开自己的世界，明白从此以后，这世上再没有能够困住他的栅栏。罗曼诺夫开始向宇宙发问，关心起地球的形状，关心月亮的变化和星星闪耀，但从未关心过人类以及他的祖父。

随着时间流逝，祖父越来越感到罗曼诺夫正在为荒唐的事业迷失心窍。他们为此发生无数争吵，祖父告诉他，深渊不在脚下，深渊在天上。但是罗曼诺夫坚称，不会再有比写诗更无用的事情了，就算是去撒哈拉沙漠里挖一条鱼，也比在废纸上写两行字更有意义。祖孙俩这辈子从未被同一件事物打动过，也从未为彼此的事业骄傲，当祖父在想着怎么拿下下一行诗句时，罗曼诺夫关心的是如何能够离天空更近一点。他的飞行生涯中只吃到一次处分，那是在一次飞行演练中上升到了超出安全距离的高度，他被危险的诱惑冲昏头脑，自以为能够划破天空的局限，迈入更为璀璨的空间。事故发生之后，他遭到了严厉的惩罚，带着无法藏匿的沮丧之脸回到家中。祖父没有趁机延续他们的争吵，他为罗曼诺夫打扫好了房间，在桌上点上一支蜡烛，再摆上一株向日葵，将一行行诗句放进火焰中烧掉。隔着火光，罗曼诺夫难以在这一行为中揣测祖父的意图，认为这是和解的信号，祖父摇了摇头，说，如果诗能够轻易被破坏，那它就不应该来到世界上。

他们永远像隔着一层雾一样相处，祖父陪伴他度过了整个童年，但没能见证他是如何长大的。因为自打他懂事之后起就像被什么东西攫走了灵魂，总是喃喃自语，眼神迷离涣散，并在墙上涂鸦旁人完全看不懂的文字。为了引起罗曼诺夫的注意，祖父常常把诗集端到他的面前，骄傲地向他念叨，你应该看看我写的诗句，我用它们换到不少钱。有时还会多嘴一句，说，没有它们，你早就饿死了。祖父渴望从他嘴里撬出一句赞美之词，然而一生都没有如愿。感性的祖父不断尝试走进他内心的办法，他告诉罗曼诺夫，你已经长得比我高大，但如果核弹落下，我依然会挡到你的面前。由于倾注了太多鲁莽的情感，那几乎成为他一生中最不像样的一句诗，像是写在了一张无法摊平的皱纸上，多么拙劣的技艺，丝毫没能拨动罗曼诺夫的心弦。祖父的从容与才华永远难以施展，他在一行行迷惘的诗句中发出不幸的感慨，注定没有能力摆平这一份难以修饰的爱意。

一直到罗曼诺夫被困在宇宙中六个月之后，才几乎了然了祖父的箴言。舱室内到处漂浮着食物残渣，以及写有祖父诗句的纸，其中写给罗曼诺夫的诗歌不在少数，祖父写道，关乎爱与疼痛的诗句里，有美好的词语，但那也是罗曼诺夫一生也不会用到的词语。另有首诗写道，夜里的眼泪并不靠谱，给罗曼诺夫的信也注定无效。祖父的话让他淌下热泪,他愈加确信了一件残忍的事情,他能重新燃起对祖父的情感,只是因为他实现了追逐一生的目标,随着小鸟号升入了太空,审视往昔不过是完成宏伟目标后排遣空虚的行为罢了。他在自暴自弃中后悔这一生没有好好度过,也终于明白自己是被祖父养大的,祖父用一首首无用之诗撑起了他们的生活,为他交学费,并把他送上宇宙。就像每一个在成年后意识到父母不易的人一样,他为此愧疚,像祖父这样一个鲜活的人类,在他的目光中却置换成了几近透明的空气。

在最后一次畅聊中,罗曼诺夫彻底情绪崩溃,他绝望地望向另一端的地球,由于距离遥远,他已经能轻易地将它握在手中,也明白这场没有终点的旅行会以死亡做结。一向沉默的法捷列夫也终于讲起了他的往事,他在反复追问中终于确定了一件事,他说,那一晚你确实见到了外星人?罗曼诺夫说,那是我糟糕一生的源头,我被自以为有意义的事物吸引,终于要为此付出代价。法捷列夫说,如果是这样,那我们就是故人了。

在一片黯淡的星光中,法捷列夫将往事娓娓道来。

当年他乘坐的飞船在宇宙中游弋了七年九个月,间或有恒星的光芒从舷窗中照进来,像一条柔软的丝带经由风的指引落到他的脸上,但仍无法覆盖他的孤独情绪。出发之前,象人星的长官告诉他,你是这艘飞船的心脏。穿过夜色温柔的斯文地带时,这颗心脏曾停止过跳动,他在一个河床中满是醇酒流淌的行星上落地,千沟万壑,酒香氤氲,人不用睡觉也能找到忘记时间的办法。但来自象人星的警告犹如一道咒语,他又启程奔入无法降落的彻夜。

再往前推几年,法捷列夫曾在一项航天选拔计划的测试中脱颖而出,成为象人星上最能忍受孤独的人。这一测试将志愿者埋藏在海底,封闭在一个高度不到两米的玻璃罩子内,任凭水母和金枪鱼在他们头顶游过。研究人员在观察室里目睹一个又一个人因情绪崩溃而退出,唯有法捷列夫坚持到了最后,此前他当了十一年的灯塔守护人,练就一身无人能敌的本事,时间流逝带来的压抑会在他的身上失效,就像被火焰灼烧也不会感到疼痛一样。法捷列夫熬过了所有对手,等到他上岸时,全球各地的记者已经等候多时,所有人都迫切地想要知道，一个人如何在不靠酒精的情况下熬过如此漫长的时光。

当象人星把目光抛向宇宙时，法捷列夫被指派为"琴键计划"的宇航员，他将开着飞船在宇宙中以"波"的形式，在虚无的黑色空间中不断发出音符，就像在钢琴键上不停地行走一样，一边扩展探索空间，一边传递母星的文明。象人星试图以这种方式与宇宙中其他生灵建立联系。这趟旅程没有制定返航计划，航行了七年之后，法捷列夫就因距离问题与象人星失去了联系。

第十三次通讯失败后，法捷列夫在无垠的宇宙中发出一声短暂的哀叹，他躺倒在蓝色的睡袋上，身体像是在一口井里无止境地下降，灵魂却陡然间轻快了不少，仿佛触碰到了某种未曾谋面的知觉，身体也跟着舒畅起来。他把可能与不可能的事罗列在白纸上，闯进一座孤岛，在远隔喧嚣的土地上过一种不算完美的生活，仿佛又变成了一件可行的事情。最令法捷列夫感到忧虑的是，忍受孤独的能力正在随着年龄的增长缓缓衰退，他迫切地开始寻找降落的地点。

第一个星球是搭建在桥梁上的世界，那里的人正在过着无比内耗的生活。他们终此一生都在攀比姓名的长度。古老的文字藏匿在果实的核里、动物的骨架上以及岩石的缝隙中，只要能够挖掘出来，便能为自己的名字添上一些字符，以期在成年之际能够记住一个上千字长的姓名，从而跻身上流社会。这个星球上有史以来名字最长的村民足足有二十二万七千个字，成为受人敬仰的万国首领，然而也因为没有人能叫出他的全名而一生都被孤独缠绕，满身的荣光也无法照耀他空寂的灵魂。他没有挑起战争，也无法坠入爱河，任由时间把他熬成油尽灯枯的灰骨。从那之后，再没有人愿意成为孤独的君王，这个群龙无首的星球终究无法避免瓦解的命运。

第二个星球落在无垠的水面上，那里的人住在矿泉水瓶模样的房子里，两个瓶子在随波逐流中碰撞到一起，房子里的人走出来交涉、聊天，乃至于结亲联姻、生儿育女。如果缘分不够，就等待着下一次碰撞的机会，几十年如一日。法捷列夫将飞船停留在海面上，他走进一个矿泉水瓶，里面的人正在用纸牌游戏消磨时光。法捷列夫向他们介绍了象人星，描述自己如何远道而来。这些土著的脸上流露出困惑的表情，并非是语言不通导致，而是他们无法理解为什么飞船不用贴着海面也能移动。法捷列夫这才发现这个星球上连一只飞鸟也没有，地心引力将所有物种牢牢地摁在海平面上。

两次失败的降落经历后，法捷列夫对宇宙生灵丧失了信心，那并非是自己所需要的热闹。他重新回到狭小的舱室内，继续过着循环往复的单调生活。每周一的早晨他会离开舱室，穿着宇航服到外面进行例行检查，确保这架飞船能够永远安稳地航行下去。检查完毕之后他会在倚在机身上消磨一会儿时光，就像一个坐在金枪鱼背脊上的渔夫，面前是能够吞噬一切的汪洋大海。他真想当着大海的面脱下游泳圈，纵深跃入绚烂的深渊，那会是他一生中做出的最优雅的姿势，将为他多余的人生省去不少麻烦。

尽管法捷列夫事无巨细地排查了所有故障，但是飞船在经过太阳系时还是发生了意外，维系飞船平衡的系统突然宕机，法捷列夫不得不丢弃两个推进器来保持稳定。那是他几年来第一次因紧张而流汗，可笑地意识到自己根本没有做好赴死的准备。为了寻求救援，他将"波"的辐射范围调至最大，令他欣喜的是，仅仅过去了一天便收到了回应雷达上的坐标，它指向一颗蔚蓝色的星球。

这是一个荒途旅人的漫长故事，他对着窗外陌生的景象慌张凝望。法捷列夫就这样降落在了地球，走出船舱时发现了一个小男孩，他们有过简短的交流，这让他感受到来自陌生星球的温暖，于是延缓了服下自杀药丸的时间。1977年，"旅行者一号"发射时，他意识到地球上的人类也开始干和他一样的事情。无论相隔多少个星系，宇宙中的生灵都会被同一片深渊所吸引，那是刻在智慧文明骨子里的基因。从加加林第一次升空到人类在月球上留下足迹，法捷列夫看到了重返母星的希望。

先前在宇宙中漂泊的时候，法捷列夫曾多次路过地球，但并未建立联系，因为先祖对这里做出过判断，危险而美丽。事故发生之后，他把飞船留给了苏联人，供他们研究新技术，自己藏匿在人类中间。他的皮肤逐渐适应了太阳的辐射，长出了和人类一样的汗毛，他热爱古典音乐，也爱听海浪翻滚的声音，他经历过一段无忧的日子，周游世界，寻山觅林，甚至产生过葬在这里的念头。但故乡的召唤依旧跨越了整个星系,法捷列夫开始寻找进入航天局工作的机会。最终如他所愿,成功当选"归巢计划"中的宇航员。只有一件事出乎他的意料,他没有想到那一次降临会改变一个男孩的命运。

罗曼诺夫的精神已经被折磨不堪,几乎无法对这惊世骇俗的叙述产生反应。他一连三天难以入眠,要接受眼前这个男人来自当年那架宇宙飞船并非易事。茫然中他想起祖父写过的诗句,命运并非是一条线,而是一个圈。他反复咂摸着这句话,迷惘中他的嘴角露出了微笑,那一个情感共鸣的瞬间,他毫无阻碍地接受了法捷列夫讲述的往事,并且意识到,人生这块碑上的最后一块石头已经安然落地,虽无意义,倒也圆满。

罗曼诺夫说,最后一条讯息过去三个月了,没有回复。法捷列夫说,你得做好准备,我们要放弃地球了。罗曼诺夫说,不论我放不放弃,它已经遗忘我了。法捷列夫说,跟它做最后的道别吧,程序启动后,就不再做绕地运动了,我们必须在燃料耗尽之前落地。法捷列夫的口吻一如往常般轻描淡写。罗曼诺夫向着舷窗外深情凝望了最后一眼,他不认为有什么无法割舍的执念。指令发出后，他们静默了几秒钟，仿佛在进行一场默契的哀悼。话匣子再次打开时，法捷列夫开始向他介绍自己母星的样貌，它跟地球一样优雅宁静，山水交叠，人也为爱情和美酒而奋斗。罗曼诺夫对此并不关心，只是喃喃地问了一句，那里和地球共享一个天堂吗？我死去之后，不知道能不能再见祖父一面。

小鸟号将在三个月零九天之后抵达目的地，进入漫长的睡眠之前，罗曼诺夫展开了祖父留下的最后一朵纸花。那是一朵玫瑰，花瓣堆叠成螺纹状，缝隙间密度的把控也格外精准。他从最外一片花瓣开始拆，偶尔路过坚硬的棱角，碰上难缠的折纹。他比以往多了一点耐心，永远如此，这是他和祖父相遇的唯一方式。他看到一个老人如何在艺术创造上倾注心血，如何把情感研磨成精华粉末。他感到些许残忍，仿佛自己在破坏一朵玫瑰的生命。当他完整摊开的时候，惊奇地发现最后一张纸上没有文字，而是一幅铅笔插画，上面画有一片玉米地，一座飞船从天而降，画的中央是一个男孩，正迎着降落的方向飞奔而去。

这一生没有更好的解法，法捷列夫说，象人星也有柔软的风和分明的季节。但他还是得做好准备,淹没在海蓝色的月光下。就像六岁那年穿过玉米地一样,罗曼诺夫将跨越整个星系,去宇宙另一端的陌生星球当一名外星人。

如虎之年

夏守乡在去世之前曾受到死神的提醒,那是一个阴风惨惨、没有月光的夜晚,他怀抱着不满两岁的孙子在藤椅上睡去,嘴里喃喃地对死神念叨,说,算命师算错了日期,我原以为会在鱼腹中死去。老人离世之后,村里迎来了漫长的雨季,雨下了五天以后,村民穿过水漫膝盖的河道,随手从水塘里打捞起鱼虾,带给葬礼上做饭的厨师。到了第七天,终于爆发了山洪,黄色的泥水席卷村庄之时,村民正聚在夏家悼念他们的村长。

夏立春在父亲离世的那天凌晨听见了儿子的哭声,那哭声沿着窗户外透进的蓝光进入他的梦境,起初他没有放在心上。直到妻子把他推醒,说,有点不对劲,上去看看。夏立春把脚伸进拖鞋，穿过走廊推开了父亲的房门，随后大梦初醒，睡意从未像此刻一般如此迅速地烟消云散。他向全村宣布了夏守乡的死讯，但是由于暴雨骤降，不得不将葬礼推迟。

夏守乡生前是望江村的村长，他年轻时来北方一带卖棉花，坐船遇到意外，在进入海湾时与另一艘轮船相撞，船身被撞出一个大洞。情急之下，他将一大捆棉花拿去堵洞，给船员争取了时间，在沉没之前等来救援。这一举动让夏守乡获得威望，他随着船上的农民上了岸，在望江村扎根下来。夏守乡一生勤勤恳恳，在五十六岁那年当上村长，之后的二十年间风调雨顺，每到秋天便稻谷飘香、穰穰满家。当夏守乡去世后，风雨飘摇之时，村民们便更多地感叹村长的神迹。当年他重新规划了房屋建设，确保能留出最多的农田。十几年的时间里，将村上的草房全部翻新一遍，并且建造了第一所医院，聘请了城里的医生，从此村民治病不必再抬着担架翻山越岭。夏守乡一生没做亏心事，除了在夏立春成年那年，为了让他去城里上学动用了一些关系。村子里有人出差的时候，他就搭车顺道去城里看望他的儿子，两个人常在一家茶馆碰面。夏守乡对儿子只有一个要求，村里几十年来没有人离开过这片土地，作为村长的儿子更不能坏了规矩。

他说这话的时候，夏立春刚和一个外省女人赵平兰坠入爱河，他们在前一天夜里互通情意，交换了手帕，第二天父亲便风尘仆仆地从城外赶来。那时他已经意识到，任何秘密都无法逃脱父亲的感知。因此当赵平兰提出要私奔时，夏立春不敢接受，而是向她袒露实情，并且允诺只要她的心意不变，他便将自己的晚年留给她。随后夏立春收拾行囊，回到了望江村，由父亲安排了亲事。他在婚后十五年没有生子，以此表明对赵平兰坚贞的感情。

十五年过去，一直到他四十一岁，才和妻子生了个男孩，取名为夏寅。出生后，夏守乡带他去算命，算命师是夏守乡多年以前在风柜山的山洞中偶然遇见的。那年二月份的一个清晨，夏守乡出门砍柴，身穿棉袄，头戴夹帽，脚穿山袜草鞋，肩扛两头尖的穿担，穿担上缠着担绳，腰束搭裰，手中握着柴刀。他走到风柜山的一处悬崖下，发现头顶的峭壁长满了枯黄的野柴。夏守乡心中欣喜，顺着山坡向上爬，同时将砍下的野柴扎成堆并往山下抛。时近中午，夏守乡估摸着柴火已有一担，准备下山收柴，当他朝下端望去时，感到一阵头晕目眩，崖下的平地上已经铺满死亡的气焰。夏守乡不得不上到山顶再寻找其他路线，顺着野藤继续前行，爬了几十米后在头顶处出现了一个洞口，他伸手往洞内探了几下，只扒拉出一些干草，以为是个野兽窝。此时一块大石头突然从山顶滚落，砸在夏守乡的胸前，连人带石一起向崖底掉落，夏守乡本能地喊了一声，朦胧中见到洞口出现一位白发白眉的老人，之后便两眼一黑，再无知觉。

夏守乡在洞里醒来，看到石壁上写满了奇怪的文字，除了天干地支的符号外，再也认不出其他。洞里生着一团火，旁边坐着刚刚遇见的那位老人，衣衫不整，头发蓬乱。夏守乡站起身，发现骨头痛得像散了架，脸上有些瘙痒，用手一抹，手掌上全是血污。夏守乡问，老人家，你救了我？白眉老人点点头。夏守乡想请他到家里做客答谢，老人挥手拒绝，声称自己长居于此，钻研算命之术，不问世事。临走时将夏守乡的一生尽数道来,所叙之事早已经历,或在多年之后一一验证。夏守乡回去时向山里人问及风柜山的秘密,那些山民告诉他,他砍柴的地方叫礼风岭,山洞是土地神住的地方,当地人从不敢上此地砍柴。夏守乡仔细一想,也无怪那山岭上野柴如此茂盛。

洞穴奇遇之后,每当出现无法应对的事,夏守乡便上风柜山寻求答案,顺道给白眉老人带去一些衣食。他曾多次在老人的帮助下化险为夷,只有一次没能得到任何指点,那是在给孙子夏寅算命的时候。白眉老人瞪圆了眼睛,语气惊讶地说道,这孩子两岁之后,命运便一片模糊。夏守乡从中得出了悲观的结论,以为孙子会早早夭折,周岁过后便由他亲自照看,每日每夜守在身旁,直到他在耄耋之年的一个深夜被死神带走。

因为暴雨的缘故,村民们对这场葬礼略有微词,出于礼仪又不得不冒雨赴席。葬礼上,道士做法,哀乐齐奏,哭声中弥漫着悲伤。洪水在刹那间涌进屋子,仿佛拉开窗帘后的日光,迅速而无所不至,被冲垮的房子像积木一样倒塌散架。由于村民全都聚集在夏家附近,这场洪水没有遗漏任何一人。他们从底楼跑上二楼,再从二楼跑上顶楼,终究还是掉落水中。

面对这场突如其来的灾难,村民们毫无招架之力,呼天喊地的求救之音让葬礼上那几声哀鸣显得相当敷衍。落水的人仿佛汤碗中漂浮的葱花,在忽沉忽浮间拼命挣扎。夏立春凭借过人的水性勉强在激流中保持平衡,焦急地去寻找自己的儿子,好在孩童的哭声尖锐,夏立春寻声而去,将他从水中救起,顺手抓住几块木料,扎在一起做成木排,将儿子放在上面,一端系在露出毛梢的毛竹上,又找了只木斗盖在他的身上以减少风雨的侵袭。坐上木排后的夏寅不再啼哭,因为雨水打在木斗上发出节奏清脆的声音,引起了他的兴趣。直到一个浪头将木斗吹走,豆大的雨滴袭击着他的脸庞仿佛一场酷刑。

把儿子固定住以后,夏立春开始寻找其他亲人。妻子在洪水中失去踪迹,他朝人多的地方游去,看到水性不好的人便上去搭把手。他曾遇上邻居家的刚成年的儿子,把他搭在自己的肩膀上,那人在他的耳边反复念叨,说,我还有个妹妹,你先去帮她。风浪让一切努力无济于事,他眼睁睁地看见村民在他面前一个个地沉没。夏立春没能救起任何一个人，翻滚的激浪在洪流中竖起层层壁垒，死神正不留情面地将他们各个击垮。当夏立春回到儿子身边时，只带来了父亲的棺木，特殊的木材使它能在水中漂浮摇荡。他一手抱着孩子，一手搭着父亲的棺材，嘴巴已经在不停吃水，他清晰地感受到身体机能正在下降，体力难撑，不允许他再有大的动作。

他一度失去意识，醒来时发现自己已经被葬礼上的花圈团团围住，他在这个不祥的昭示中获得启发，认定自己不会在这场滔天洪水中幸存。当下一个巨浪袭来之前，匆忙之中夏立春做出一个危险的决定。他用力移开棺材盖，将夏寅放在父亲的遗体之上。夏寅瘦小的身躯像一张单薄粘黏的蜘蛛网，在他指尖摇摇欲坠。

棺材密不透风，极有可能害死他的儿子，但是眼下已经没有更好的选择。随着棺木合上的声音，父与子之间的联系戛然而止。夏立春乘着巨浪漂了一长段距离，停下来时已经望不见棺木的踪迹。他并没有慌张，而是带着愿望实现的惬意安详地躺在水中，死亡的光景在他面前铺陈展露，天空昏暗如夜，卷起的枯叶在风雨中飘摇，人声随着时间流逝而逐渐消散。在生命的最后几秒钟里，他开始回忆往昔美好的画面，首先想到和赵平兰分别的那个晚上，他们在河边一个简陋的屋中分享了彼此的肉体，在这项人类历史中最古老而历久弥新的爱情仪式中热烈地倾诉情意。这一疯狂举动没有让他们为即将夭折的爱情释怀，反而使对彼此的感情更加浓烈。因此当夏立春结婚之后偷跑出去与旧情人幽会时，他逃脱了良心上的谴责，在两段感情中游刃有余，而肉体之欢带来的刺激更胜以往。

　　赵平兰在他结婚不久后也嫁给了一个木匠，在她看来，除了夏立春外，嫁给谁都没有什么不同，因此这门亲事同样与爱情无关。结婚后没多久，木匠在一次意外事故中去世，装修时被还没固定好的玻璃吊灯砸到脑袋，死相极为难看。但是由于是在做工中遇难，死后依然被宣扬为一位敬业的木匠。丈夫去世的时候，赵平兰胎中的孩子两个月大，父母和公公婆婆产生了分歧，父母认为孩子已经失去父亲，靠她一个人难以养活，不必将他带到人间受苦，但赵平兰的公公婆婆却执意要她生下，言语之中充满恳切与悲痛。木匠没能得到赵平兰的心，木匠的父母同样也没能抱得子孙，胎儿没过多久便流产夭折，她声称是因丈夫去世过于悲痛所致。公公婆婆并不接受她的说法，他们闯进医院，指着她的病榻，痛骂她是个杀人犯。

之后家里亲戚帮她介绍了不少男人，赵平兰丝毫没有改嫁的意愿，决定熬到晚年，等待夏立春兑现承诺。正如夏立春为了她十五年不生子一样，她也以行为表达着对于这份感情的坚贞意志。因此在洪水袭来的时候，夏立春曾抑制过一个可怕的念头，这个机会看似千载难逢，然而随即意识到就算是活下来也并不容易。在他失去意识之前对以下问题仍然没有清晰的答案——自己在洪流中寻救妻子究竟有没有尽力？好在他即将在水中沉没，不必再为这些人性之下蠢蠢萌发的恶念而良心受责。

沉在水底的村民目视着水面上的棺木在他们头顶划过，连同着枯枝败叶和玻璃罐头，向太阳落山的地方飘去。夏寅正睡在那间没有窗户的屋子里，趴在自己爷爷的遗体上，对夜幕的降临无所察觉。漆黑的棺木中不断溢进无数细小的水流，黑暗中一切流动的事物都像拥有鲜活的生命。好在他年龄尚小，对死亡也没有清晰的认知，只是颠簸撞击让他几次失去意识。棺木在洪水中随波逐流，走走停停仿佛一只坏掉的钟表，涌起的水浪不断地给它上着发条。水鸟栖落在棺木上，对着木板啄了两下，一群游鱼跟在它划开的水纹之后，好像一支仪仗队。午夜时分，下了七天的暴雨逐渐归于平静，洪水不再汹涌。望江村变成了一座水底之城，村民的尸体仿佛鱼嘴吐出的气泡接连浮出水面。那是村子几十年来最为寂静的一个夜晚，只有死神的脚步回响不止。

夏守乡没能埋在他终生耕耘的土地之上，将他带出望江村的正是当初坐船出事的那条河流，漂流了一天一夜后，他在一片密林中靠岸。到了第二天，一支逃荒队伍路过此地，看到无数的杂物在树枝繁茂的地带聚沙成塔。恰巧物资短缺的队伍一度以为是老天的馈赠，激动地从中找寻出能用的东西，水壶、雨伞、蜡烛和食用油。搜到最后，只有一件东西谁也不敢轻举妄动，那是一具棺木。几个男人把它从杂物堆中搬出来，准备听候队长陈秋松的处置。

这支队伍来自于群山另一头的一个名叫"祥河村"

的地方，连年的荒灾让村子遭受重创。面对这片满目疮痍的土地，走投无路的村长将村子里的年轻人召集到一块，声称每年的收成只够养活一半的村民，未来几年更是回天乏术，离乡变成了唯一的出路。老一辈年事已高，身体无法承受长途奔袭的艰辛，于是担子不得不落到了年轻人头上。村长的意思很简单，他说，子女和父母每人吃半碗饭，你们走，他们就能吃一碗。青年们起初并不同意，但是荒灾连年加剧，一年后的收成又减少一半，看着父母日渐消瘦的脸庞，他们开始为自己的自私而愧疚。离乡的队伍在三月末尾确立，家里有长辈的几乎都响应了号召，他们在一个晴朗的清晨向父母道别，哭声从村头传到村尾，思想通透的年轻人已经明白，此行的意义只是代替父母去迎接死神罢了。但是做母亲的依然织好了新衣服，将保平安的挂饰戴在儿女身上，父亲把家里所有能用上的东西都装入行囊，约好每天晚上准时看月亮，以此获取一些聊胜于无的思念。

陈秋松是这一批人中最有魄力的一位，行事谨慎，思维灵活，在年少时就帮助村民解决过不少纷争，被众人推举为队长。尽管是一场生离死别的征途，在出发之前，他们依然激动不已，因为大多数村民自从出生以来就没有人离开过这片故土。他们在地图上圈圈画画，为即将到来的旅途欢欣鼓舞。旅程刚开始的时候，他们对沿途风景赞叹不止，在山顶落脚以欣赏夜景，在瀑布前安营扎寨以聆听水声。然而兴奋的状态很快被疲倦所取代，不到一个月便死了两匹马，粮食的消耗也远超预期。为了减轻负担，他们不断从行囊中找出可以丢弃的物件。年轻的女子因体力不支想要打道回府，男人们为了照顾妻小也不得不寻求妥协。多个篝火喧嚣的夜晚都变成一场匆忙的离别宴席。陈秋松是个性格强硬、不好对付的人，那些想要避免争执的人，通常会在黎明之前悄然离开。原本壮大的队伍逐渐变得人心惶惶。

当他们把棺木搬到陈秋松面前时，他正在为夜晚的栖息地而担忧。密林中出现的杂物预示着前方或许有个可以歇脚的村庄。机敏的陈秋松已经想到了洪灾的可能，这样一来，前面的路途将更加艰难。他围着棺木转了一圈，上面木头已经有腐烂的痕迹，泥土和杂草缠绕，散发着难闻的腥味。他对着木板敲了几下，空灵中带着几分沉闷，一时也不清楚里面到底有没有尸体。一个叫田芬英的年轻女人冲上前去，大声对陈秋松说，行了，打开它，让我进去。她的丈夫从队伍里跑出来拉住她，说，你发什么疯？田芬英粗喘一口气，对丈夫吼道，腿长在你身上，为什么都得听他的？陈秋松说，我跟你和气说话，这一路上来，凡是冒烟的村，哪个肯给我们歇脚？田芬英瞪了陈秋松一眼，反正早晚都是死。陈秋松说，事情还没有那么坏。田芬英说，看你这面相，耳朵尖立，双眉带角，就是个点背的命，依我看，就此散了，命好的自然能活。陈秋松说，你们要走，我不拦，等找到个村寨，想走的都走，队伍在那里等两天，后悔了就回来。田芬英听他一说，心又软下来，说，陈队长，你是不挑担子不知重，别怪我说话直，你没有女人小孩，做起事情来没有顾虑，但我们不一样。陈秋松指了指马车背后的粮食，说，两个月后要是到不了目的地，都得饿死在路上。

　　陈秋松倚靠棺木坐下，脱下鞋子，看到脚趾上又磨出两个泡，摘下满是汗渍的头巾，油脂沿着发丝渗入额头。在过去四十年里，他有过数次大难不死的经历，林间采药被毒蛇攻击，冬天捕鱼掉入冰湖，却从未像此刻这样感到生命脆弱不堪。他从口袋里掏出一个小日记本，他虽自称是个粗人，但从出发以来每天都坚持记录日程，遇到不会写的字还会请教副队长刘鸿。日记本里夹着一张出发时拍的合照，每当有人离去，他就在照片上将人头圈出来。他看了眼照片，上面已经有不下十个圆圈，他有些失落，天还未暗，已经在日记本上赌气写道：今日无事发生。

日记本所载之事起于陈秋松离家的前一天，父亲陈容贵带他去后山看望先祖，要他为将来无法安葬在此而向列祖谢罪。陈秋松站在墓前，碑上刻着许多陌生的名字，陈容贵问，知道该说什么不？陈秋松说，知道，活在哪比死在哪更重要。陈容贵对着儿子的小腿来了一脚，骂道，再想想！陈秋松说，爸，今时不同往日，半个村的命在我手上，当年你看病救人，是从阎王那里把人拉回来，父债子偿，弄不好，这笔账连本带利还回去。陈容贵叹息一声，说，你要命好活了下来，别一个人活，老死没人收尸。说完便下山而去。

陈容贵年轻时曾在各地行医，临行前凭着当年的记忆为他规划了十一条路线，一个叫"渠子镇"的北方村落曾受过他的恩惠，必要时可以去碰碰运气。当晚，陈秋松趴在地图上睡着，午夜时起身在房子里到处走动，嘴里喃喃地发出声音，念道，遇山则行，遇水则停，遇木则善，遇兽则安。随后倒在地上不省人事，陈容贵把他抱回床上。清晨醒来时，将他在梦中所叙之言告知于他，陈秋松对梦境全无印象，但仍是把四句话谨慎地记在了日记本的前页。

合上日记本，陈秋松突然听到身后传来细微的声音，他屏息凝神，慢慢转向棺木，小心翼翼地把耳朵贴近，在木板上到处摸索。又是一阵震颤，发出了像核桃掉在地上的声音，动静不大却把他吓退好几步。遇见鬼了。他下意识地骂道，立刻朝营队里大喊一声，来几个人！随后他又打开日记，把刚写下的六个字重重地划去。

两个男人站在棺木的两侧，双手架着四个角，问，陈队长，真要掀开？陈秋松点了点头，说，总之小心点。两人一同发力，棺材板被掀起的一刹那，里面涌起一阵雾气。人群凑了上来，颤颤巍巍地往里面探头。一天过后，夏寅终于得以重见天日，眼前先是一道渗透着白光的缝隙，继而变成整片天地，他躺在夏守乡的遗体上，由于长时间没有进食而脸颊干瘪，哭声也软绵无力。离乡队伍中的人初见这一场景时惊恐万分，在陈秋松蹉跎的后半辈子中，他曾无数次地回想起这个场景：如果棺材里都能爬出一个活人，那么世界上所有不可思议的事情都可以被重新审视。

陈秋松小心地把孩子从棺材中抱出，孩子的嘴里发出含糊不清的声音，手在半空中不停挥舞。陈秋松虽然年近中年，却没有任何养儿育女的经验。二十四岁那年，他因结婚生子的事情和家里吵架，在除夕夜向整个大家庭宣称，荒年即将来临，连农作物都养不活，更别提孩子。他在院子里种上两棵树，和父母协定，当第一棵树长过屋顶时便娶妻成家，当第二棵树高过屋顶时便生儿育女。许多年过去后，村里人都惊叹于他的真知灼见，事情如他所预料的那样，直到他们离开村庄，院子里的树仍未高出第二层楼。

陈秋松叫人把棺木重新合上，将孩子放在棺材板上，所有人开始意识到这是个无法一走了之的事情，但还是摆出一副毫不相干的态度。田芬英说，陈队长，你这是什么意思？人家就是拿孩子来殉葬的，还要管人闲事吗？陈秋松说，他们村的习俗，在我们这儿不管用。队伍里又传来声音，说，陈队长，多个人多张嘴，要想清楚啊。他沉思片刻，问刘鸿道，我们离前面的村镇还有多远的路程？刘鸿说，依我看，最快也要一天以上。陈秋松说，棺材埋了，这孩子我先带着，进了村子再说。陈秋松给孩子喂了一点粥，清理了一下竹篓，将他放进里面背在身后。过完夜后，他们沿着河道出发，水线越走越深，这使他们确信这里曾经发生过洪灾，到处弥漫着腐化的腥臭味，泥土也松软无比，一脚踩出半尺深。险恶的环境反而令众人加快了脚步，马蹄印与车辙交相呼应，风柜山下终于重新扬起了尘土，一行壮阔的队伍在夕阳下行过，影子挥舞在阳光照耀的泥土地上，仿佛一盆金水池中划过一道黑色墨迹。他们在夜幕降临前到达了目的地，一块石头上镌刻着"望江村"，前方寂寥无声，房屋所剩无几，只剩下瓦砾砖块与连根拔起的大树，遍布的积水好像秋天被扫成一堆一堆的落叶。无数尸体漂浮在水面上，或被树枝钩在高耸的树干上，稍有动静便重重地从上面落下，平静而富有弹性地撞击土地，这种二次死亡显露出异样的轻描淡写之感，仿佛一块从筷子上滑落的豆腐。

在这一场声势浩大的洪水面前，望江村脆弱得像一张被洗尽的白纸。这是他们启程以来面临的最为恐怖的惨状，死亡从未如此形象地展露在他们身前，空气中弥漫着浓烈的尸臭气味，他们开始干呕，仅剩的期望在这片土地上即刻瓦解崩溃。陈秋松站在村口的石碓上，听到后背的竹篓里发出了哭声，一只鸿雁在他的头顶盘旋不停。

刘鸿走上土坡，问，陈队长，孩子怎么办？陈秋松说，地上捡根烟都要吸两口，孩子我先带着。刘鸿说，你没法带一辈子。陈秋松问，老刘，你几岁要的孩子？刘鸿说，老大都十五了，你算算。陈秋松又问，当时准备好了吗？刘鸿说，第三个月想好了名字，第七个月缝好了衣服。陈秋松说，要是他一辈子吃苦，活不高兴，当父母的会自责吗？刘鸿说，我没你那么多想法，人要找对象，要生娃，娃长大了要给当爹的养老送终，图的是什么？但是陈队长，你得听我句劝，这孩子是从棺材里出来的，不祥。陈秋松说，我跟你想法不一样，死神都没能把他带走,将来会不同于别人。

陈秋松掏出金喇叭,吹响了,又往前走了好几里路,直到村子的影子从天边消失才敢重新搭建营地。他们抖落悲伤,拾柴点火,为了安抚情绪,陈秋松带领大家唱起了激昂的歌曲。同时翻开日记本,准备浓墨重彩地写上一页,那一晚他思维敏捷,写出的句子也不同以往,为了看清字迹,不停地往篝火里添柴。写完最后一个句号之后,仍觉得不过瘾,又翻到日记本的末页,在上面写道,人生本就是一场如此的旅行。

月光和温暖的火焰使他们平复下来,陈秋松觉得时机差不多了,于是抱着婴儿走到人群中间,郑重宣布,从今往后,他就是我的儿子了。火光迷离,所有人惊讶地看向陈秋松,陈秋松挥手示意,又说,孩子我一人养,不会给大家添麻烦。随后他又对田芬英说,我和你们一样,也是有家室的人了。田芬英说,队长,我那天是气话。陈秋松说,跟你没关系,是我想通了。

陈秋松重获亲情的同时,早些时离去的一个叫冬马的村民又回到了队伍中,那是在一个靠近集市的枇杷林里,离队伍启程已经过去了两个季度。冬马正坐在一棵枇杷树下，蓬头垢面，双腿瘦如伞柄，像一个将死之人。在这次偶然的重逢中，他给整个队伍带来了坏消息。冬马告诉陈秋松，当初他离开队伍后没有去其他地方，而是偷偷跑回了祥河村。他和几个同伴沿着来时的路，翻山越岭，横穿荒漠，发现祥河村哀鸿遍野，几十户人家同时举行葬礼，悲鸣之声响彻天地。冬马的父亲已经去世，母亲躺在床上，用力撑起身子，冬马上前搀扶，却被母亲一脚踢开，临终前说的最后一句话是，你应该晚几天回来，好让娘别走得这么糟心。说完便倒在床脚，两眼再也没有睁开。冬马终于明白，村子面临的荒灾比想象中更加严重，他们没有保存余粮，而是将所有的粮食全都分配给了队伍，自己去树林里啃树皮。这是他们的父辈向死神提前结算生命换来的希望，他们不愿离开故地，便将火种交给自己的子女，祈愿他们能走得更远一些。那是队伍出发后没几个月时发生的事情，时至今日，祥河村分明已经不复存在。

陈秋松想起当初离开村子的时候，父亲千叮万嘱让他不要回头，告别也不似往常远游般平缓，而是拿出了生离死别的情绪。然而陈秋松生性乐观，他对父亲说，别担心,等我完成使命,一定能再见面的。陈容贵回道,是,不过是在一个我们都陌生的地方了。

他们失去了斗志,队伍在原地停留了一天,只是向山顶挪了几步。山谷中回响着二胡拉出的葬礼曲,夹杂着哭哭啼啼的声音,他们尽力克制音量,因为那会把野兽引来。他们在云端上眺望,朝南边作礼跪拜。一部分人因此失去理智,开始怀疑此行的意义,从高耸的悬崖上一跃而下。当晚,死神来到营地巡逻,又带走了两条新鲜的生命。作为队长,陈秋松不得不率先从困顿中振作起来。在此后多年的世故沧桑中,他原本浓烈的情感不断地被理智所压抑而变得迟钝不已,理性与冷漠逐渐占据上风,其根源无非是因为这样的折磨过于频繁。但是也有一件事情让他终生不疑,死亡是生命的代价,也是与死神谈判的筹码。他在篝火旁发表一番动情演讲,声称祥河村还缺少一个体面的葬礼,做子女的仍有未竟的责任。然而队员们依旧萎靡不振,整顿这支队伍的难度不亚于将碎玻璃重新黏合。陈秋松别无选择,带着刘鸿去寻找离他们最近的山神庙,用马肉祭拜,为的是讨教让死神现身的办法。这趟旅程花费了一天一夜的时间，他们在第二个夜晚准时归来，陈秋松找了块平整的石头躺到上面，在周围燃起三堆硫磺火，又抽出一把匕首插进了自己的胸膛，但是巧妙地避开了要害，鲜血像啤酒瓶口的泡沫一样喷涌而出。几分钟后，他果然听到了死神的脚步，刘鸿趁机熄灭硫磺火，将涂有橄榄油的瓷碗碎片倒在陈秋松的周围。这时他面前出现一个手指长如树枝、脸上密布烧痕的怪物。陈秋松将匕首从胸口拔出，说，我来找你谈判了。死神被陈秋松坚韧的意志打动，答应不再骚扰他们，代价是陈秋松将无法活到自然死亡的那一天，死神会提前收走他的性命。陈秋松完全允诺，只提出了一个要求，不要怀抱着无人问津的孤单独自死去。

这支队伍顿时焕发了生机，凄惋的神情顷刻间从人们的脸上消失，就连竹篓里的孩子也很少再发出哭声，他们带着高涨的情绪重新上路。只有陈秋松例外，经过与死神的一番争斗之后，他患上了臆想症，开始将现实与梦境混淆。他曾多次从悬崖上跌落，但同时又看到另一个自己站在崖顶目视着一切。他带领着村民筑起了钢筋水泥构成的城市，然而城市的上空变成了一片汪洋大海，顷刻间天地倒转，城市落入水中化为乌有。他在每天晚上都走进同一个梦境当中，梦见自己走在一片古木参天的昏暗树林里，树叶有扇子那么大，耳朵里充斥着野兽与昆虫低沉的叫声，身后有一只老虎时刻威胁着他的生命，但是没有扑上来给他致命的那一下，仿佛以摄取他的恐惧情绪为乐。陈秋松从梦中惊醒，随后意识到老虎正是死神的化身，现实如梦中的情形一样，它潜伏在他的身边，不停地昭示着自己的存在。他在河边钓鱼的时候，大鱼咬着鱼钩猛烈地翻滚，然而浮出水面时只剩下一副鱼骨架。他派人往祥河村送信，期望得到它的消息，等来的却是信使被秃鹫袭击致死的消息。

死神的缠绕并没有击垮他的心智，他最为担心的是孩子的安全，因为他已经无法分辨厄运的降临是命运使然还是死神捉弄。一天晚上，陈秋松突然被一个声音吵醒，竹篓里的孩子说出了第一句话，尖锐而绵延，像梦中呓语，陈秋松一开始没有听清，但确定是两个音节。之后的一天里，孩子没有再出声。直到第二天晚上，他又发出了同样的声音，这回陈秋松终于听了个明白。他把这一句记到了日记本上，顺便告诉刘鸿，说，我儿子会说话了，就在昨晚。刘鸿问，说的什么？陈秋松说，要是没有听错，应该是"回家"。刘鸿说，我生了三个孩子，第一声不是喊爹就是喊妈。陈秋松说，前段时间队伍里常提这个词，估计给他听了去。刘鸿说，这孩子跟你不亲，这是血缘里的东西，给他找个新家，也省得受苦。陈秋松说，去望江村前我有这个想法，后来就没了，孩子的名字我已经取好。从今以后，无论世故惊涛、雨卧风餐，我既救了他命，给他取了名，他就是我陈秋松一人的儿子。

二十年后，陈问渠会在父亲的日记中得知自己身世的真相，那些富有画面感的描述清晰地记录在几近发黄的纸上，情感真挚，妙语连连，与父亲平常在他面前展现的形象完全不同。尽管初读时令他错愕哑然，但接受自己并非陈秋松的亲骨肉也没有花费他太多情绪，只是沿着这一真相去重新解读往日里的诸多细节。这本日记的年纪比他更长，像一根直插瓶底的吸管，穿越了漫长的岁月历程。他看到自己从棺木中被发现，跟随队伍走完整个旅程。他对父亲的认识从未如此透彻，在那张泛黄的老照片上，四十多岁的陈秋松站在队伍的最中央，穿着军大衣,拄着木杖,意气奋发。然而当陈问渠看到这张照片时,陈秋松已经死去多天,电视上仍在播放着寻找花果的报道。

有关花果的故事在日记的最后几页才有提及,它是父亲在镶织山遇到的。上山之前,他们已经被当地人告知山中有老虎出没,但为了节省时间,他们仍然走上了这条凶险的道路。陈秋松带领大家制作了驱兽用的火棍,捕鱼用的渔网也提在肩上。他们的精心准备没有白费,路过山腰的时候,眼睛敏锐的女人发现了两只黄色的猛兽在陡石丛中穿梭而过,一大一小,像是一只成年老虎带着孩子出来觅食。队伍的每一步都走得小心翼翼,对于地形险要的地方不敢再贸然前行,但最后依然在山谷与它们迎面相逢。体形庞大的成年老虎像一张沙发盘踞于地,面容沉稳,尾巴挺直,身后跟着一只体态娇小的幼虎。他们互相打量着对方的领地,僵持了一个小时。陈秋松打量地形,山谷只有一条窄小的路径,一端有个小坡,另一端连着沟渠。陈秋松想出了一个办法,他带领五六个男人上山坡挑了块大石头,宽度和小径相仿,把它搬到小坡上,靠四个人架着木头把它固定住。随后再用肉食引诱老虎，试图让它踏入提前布置好的陷阱。他们严阵以待了一个中午，架石头的人换了四拨，老虎终于上钩，围着食物转了一圈。陈秋松说，等会。直到老虎叼起肉的瞬间，才下令将石头释放，它沿坡滚下，一路尘土飞扬，尽管有些偏离，但是依然撞在了老虎的躯体上，这一下将它撞出去十多米远，老虎最终跌入悬崖。幼虎见状四处逃窜，仿佛误入楼房后找不到出口的飞鸟，反倒更加让人紧张，最后跑进了队伍中间。队员们大声呼救，胡乱挥舞着棍棒和刀具，幼虎挨了几棍，背部划上了一大道口子，失去了活动能力，无助地瘫倒在地，前爪拼命地想要够到伤口的位置。

陈秋松被幼虎打动，用绳子绑好之后给它上药，把它装入麻袋，在脖子处打上结，只露出一个脑袋。队员们对他的做法感到恐惧。他把这只幼虎带上了征途，给它取名为花果。那时他还未料想到，在人生的最后二十年，所有的意义、痛苦以及孤独都可以在这次经历中找到源头，命运是一张由无数抉择编织的网，早已为短暂人生那一点可怜的面积量好了尺寸。

花果成了陈问渠童年时期唯一的玩伴，陈秋松在后院建了一个大笼子,花果在他的驯养下变得温顺聪颖,以至于孩童时期的陈问渠在电视中看到老虎的纪录片时,无法想象家里的花果竟也是凶残威猛的百兽之王。

陈秋松终其一生没有娶过女人,他的精力在过往消耗殆尽,难以再为人间琐事产生波澜。面对陈问渠的提问,他只能用谎言来弥补,声称他的生母在逃荒中意外身亡。陈问渠不再多问,但是要求父亲将过去的故事讲给他听。陈秋松每晚在床头点上一根蜡烛,然后给他讲上一段,一直讲到蜡烛熄灭。其中大多数是他虚构出来的东西,遇到圆不回来的地方,就偷偷将火焰吹灭。许多年过后,等到陈问渠翻看父亲的日记时,才得以从当时的叙述中一一检验出真实和谎言。但陈问渠在小的时候没有过多的怀疑,只是问父亲,为什么要离乡?陈秋松说,不是离乡,是逃命,这个地方活不下去了,就要去另一个地方。陈问渠说,可我听人说,没有勇气的人才会逃跑。陈秋松轻抚他的头,说,逃跑未必不需要更多的勇气。

讲述那时经历时,陈秋松经常提到他的那支金喇叭,现在它放在客厅的橱柜上方,用专门的木头架着。

金喇叭是那段经历的一个缩影,那时陈秋松每天至少吹上两次。每隔一段时间,陈问渠就能看到父亲在擦拭他的金喇叭,寂寥无人的时候依旧会吹奏一会儿,只是声音不再高亢,气势也不再磅礴。因为在年过半百的时候陈秋松的身体突然崩坏,以前患上的疾病终于重新找上门来,不再适合干体力活的他不得不提前退休。随着陈问渠的成长,家里的开销也越来越大,手头紧迫时只能向当初的朋友借钱。陈秋松并没有理会日益加重的病情,而是把自己关在房间里,没日没夜地吹奏那支金喇叭,音符里传达出郁郁寡欢的情绪。直到某天午后,陈秋松在给花果喂食时出现转机,当花果把生肉吃完之后,突然直起身子,灵性地伸出前爪要与他击掌以表示谢意。陈秋松在这一行为中敏锐地察觉到了生活给他带来的机遇,兴许能当个驯兽师来赚点散钱。考虑到多年来与花果培养出的默契感情,他认为这想法可行。但是在付诸行动之前,陈问渠又闯下大祸,差点葬送了他的计划。

  陈秋松终此一生都没能成为一名真正的父亲,儿子的出现只是生命中的一个意外,缺乏源自血脉的某种亲密联系，从将他从棺材中取出时就笼罩着一层虚妄的色彩，仿佛清晨时间将人带出睡眠状态的那一声闹铃，不断提醒着他要履行父亲的职责。他对陈秋松的关爱更多出于这种责任上的鞭策而非自然流淌的亲情关系。陈问渠成为一个性格怪异，内向独立的孩子。上小学时，他始终没能融入任何群体，永远一副沉默寡言的状态，只有谈到自己养了一只老虎时才会激动不已，使得好事的同学不断地来找他的麻烦。一堂语文课上，老师在讲解"狐假虎威"的故事时教室里突然哄堂大笑，全班同学不约而同地看向陈问渠。放学之后，几个坐后排的男同学叫上班上最漂亮的女生，当着她们的面在学校车库里将陈问渠的手脚缚住，将他的裤子整条扒下。陈问渠羞愧难当，眼泪不争气地从眼眶流出，声称他们将被老虎咬死。男同学们又来了兴致，顺水推舟地继续拿老虎的事情来激怒陈问渠。

男孩子玩尽兴之后将他丢在墙角，背起书包朝校门口走去，父母正在那里等候着他们，穿着形色各异的工作服，刚刚从工厂或办公楼里结束一天的工作。男孩子们可以假装无事发生，将书包丢到父母手里，轻松舒畅地叙述学校里的经历。陈问渠靠在墙上，用沾满灰土的手指抹了两下眼泪，这时喇叭里响起了一天中最后的铃声，预示着学校的大门即将关闭。陈问渠突然置身于一种庞大的孤独当中，不单单是愤怒与绝望导致，而是对人类本身逐渐失去信心。长大后的他曾试图剖析自己性格的成因，总会回想起那个受尽欺凌的傍晚，但是依旧无法得知到底是如何一步步陷入孤独泥沼的。将一种抽象的情感用一种抽象的语言表达，他无法明白这种对号入座究竟是否正确。

第二天早上，陈问渠趁着父亲不备偷走了家门钥匙，陈秋松送完儿子上学之后才发现钥匙丢失。陈问渠背着父亲跑回家中，将花果从笼子里放出，把床单裹在它身上，沿着一条小路将花果带去学校。那时老师正在班级上课，尚未发现陈问渠缺席，直到他牵着那只黄色的巨兽出现在教室前门，所有人对这样的景象终生难忘，老师的反应也没比学生高明多少，即便站到桌子上也没有让他们感到丝毫的安全，整幢楼的人先是闻声赶来，又迅速地尖叫着地逃走，两股人流对撞使所有楼道陷入了混乱。陈问渠凭着和花果朝夕相处培养的默契，指使它扑向那几个欺负过自己的男生，花果用前爪挥舞两下便让他们失去重心，从桌子上重重跌下，一边哭喊一边湿了裤子。学校的喇叭里很快响起了教导主任急促的声音，但是陈问渠仍沉浸在复仇的快感之中。

陈秋松赶到学校的时候，事情还没有到无可挽回的地步，他跪在地上，拉着校长的手拼命道歉，声称老虎受过训练，看在无人受伤的分下，请求他们不要报警。陈问渠虽然年纪尚小，涉世不深，看到父亲如此狼狈的模样时还是难过了起来，明白自己犯下了不可饶恕的错误。他和花果待在校长室隔壁的会议厅，听到了所有的谈话，学校虽然答应了父亲的请求，但是不能再让他继续在这里上学。这个糟糕的消息没有引起他太多的注意，因为透过窗户可以看到昨天他被同学霸凌的那个车库，一个小男孩的成长蜕变只需要经历一两个事件，他抚摸着花果的毛发，它的眼神像一面清澈的镜子，映照着他无处逃遁的孤独，在这个人情冷漠的社会中，他不比一只误入人间的野兽来得更加合群。

陈秋松说，是我错了，当初就应该把它留在山里。陈问渠说，恰恰相反，那是你这辈子做的最正确的事情。这件事情使陈问渠对花果更加信赖,由于它的庇护,很长一段时间里他能以居高临下的态度俯视人类,不再畏惧人世间的种种伤害。每当陈秋松在房间里吹奏喇叭的时候,他趁机偷偷跑到客厅里和花果说话,倾诉那些不为人知的隐秘情绪。这个残缺的家庭无时无刻不笼罩着怪异的氛围,即使身处一个屋檐下,他们依然沉浸在各自的世界当中。

当买醉的钱也掏不出来的时候,陈秋松从麻木中清醒,决定实施当初的计划。他开始训练花果,从最简单的动作开始,尝试让他理解自己的指令并做出反应。三个月后,他到市里一家游乐园上班,当马戏团驯兽师。陈问渠为此在餐桌上跟他大吵一架,声称花果是他们的家人,不该成为冰冷的赚钱工具。陈秋松把馒头掰开,沾了一点肉汤,骂道,真当它是你亲兄弟了?陈问渠说,那也比你要好。陈秋松扇了他一巴掌,馒头砸进碗里,把儿子拎到花果面前,说,你今年十六岁,你要是觉得是它把你养大,你就喊他一声爹。陈问渠忍着眼泪说,它是我唯一的朋友。陈秋松说,操,我也是你唯一的爹。

陈秋松把花果带进马戏团后,陈问渠时常在闲暇的时候跑去他上班的地方,陈秋松的同事夸他福气好,生了孝顺的好儿子,陈秋松没有说话。陈问渠坐在笼子外的观众席上,看着父亲和老虎表演。花果的眼神已经失去灵性,变成一台养家糊口的工具,机械地重复着跳火圈与走木桩之类的动作。

失去花果的陈问渠正在以父亲不易察觉的速度逐渐长大,不再闹事,不再提出任何要求,即便在餐桌上也很少能聊出几句话来,念完中学后到各处打些散工。他的存在感稀薄,游走在社会的边缘地带,仿佛一粒橡皮屑,完成工作后便被随手拂去。从陈秋松将他从棺材中抱出的那一刻起,已经接受了他身上注定异于常人的特质,这一宽容的心理预期成为日后对儿子不闻不问的借口。

陈问渠长到二十二岁的时候,陈秋松正在饱受疾病的折磨,他曾在逃荒时期染上过皮肤病和胃炎,那段艰苦的岁月加快了他老去的速度,六十出头的他已经双鬓发白。酗酒的恶习使他又染上了心血管疾病,经常在表演时头昏眼花。那时他回想起当年和死神的那笔交易,明白自己大限将至。最后的日子里，他一生中所有的经历在他眼前重新上演，他看到自己正带领着队伍，从荒灾连年的祥河村出发，在食不果腹的日子里一路顽强地前行。他像着了魔一样，疯狂地吹奏金喇叭，煞有介事地指挥人马，从厨房蹿到卧室，从沙发跳到餐桌上。嘴里念念有词：睁大眼睛吧乡亲们，金黄的麦田已经流淌到我们脚下。而那只不过是他的幻觉罢了。陈问渠认为他的父亲已经患上了老年痴呆。

最后一次表演的时候，陈秋松向观众演示如何和动物保持信任，他把手伸进花果的嘴里，老虎张大了嘴巴任凭他玩弄牙齿。陈秋松把手缩回来，示意表演还没有结束，喇叭里响起了富有气势的音乐，陈秋松用力掰了掰花果的嘴巴，把自己的脖子放了进去。观众捂住眼睛，发出尖叫，掌声响起的时候，陈秋松偷偷地捏了一下花果的脖子，这一举动极为隐蔽，逃过了所有人的眼睛，人们只看到老虎猛然合上嘴巴，咬下了陈秋松的脑袋，整个过程自然顺畅，逃过了观众对死亡的嗅觉，直到他们看见白色的脑浆混着红色的血水从老虎嘴巴里溅出，流淌一地。

警察赶到的时候,老虎已经沿着后台的过道逃走,跑向城市深处。他们沿着带血的脚印找了一会,它消失在一条人工河的河岸。死讯在半小时之内传到了陈问渠那里,接受父亲死亡时的表情在他脸上一生只出现过一次,但那并非是悲痛欲绝,他不相信这是花果所致。几天之后,他才鼓起勇气走进父亲的房间,发现所有的遗物已经整理完备,井然有序地陈列在桌子上,包括金喇叭和日记。陈问渠陡然意识到,父亲的死是一场有预谋的自杀行为。

看完日记以后,陈问渠终于明白为何天然与父亲有隔阂,以及自己永远无法融入人世的原因,他并非诞生于某个温暖的子宫,而是一具阴气凝重的棺木,陈秋松将他从死神手中夺下,带进了这个冷漠的人间。如果他一早知道真相,成长过程中必定会无数次地埋怨陈秋松那一多管闲事的举动。于是他当即做出了一个迷人的决定——重走此路,根据父亲在日记中描述的路线去寻找家乡。

两天过后,陈问渠去殡仪馆取父亲的骨灰,随后踏上旅途。当晚,陈问渠在城外湖边遇上花果,湖面映照着两个孤独的身影，仿佛久别重逢的老友。花果身上伤痕累累，毛发中满是污垢淤泥，面容也变得凶悍蛮横，时刻提防着人类。陈问渠从背包里取出一些食物，并且陪伴它度过了一个晚上，直到日出时分才不舍分别。他们踏上了各自的旅途，一个入林寻乡，一个返城逃亡，从此以后，陈问渠在山林走出的每一步，都可以在花果留在柏油马路的爪印中找到孤独的共鸣。

一个月后，陈问渠依然没有找到一处能和日记中吻合的场景，将近二十年的发展使整个路线发生了天翻地覆的变化，河水流干，山丘填平，田野间竖起高楼，一无所获的陈问渠踏上了返乡之旅。他自始至终都没有发现日记上缺失了两页，那两页上记载着队伍最后的故事，在赴死的前夜被陈秋松撕去。

二十年前，陈秋松按照父亲的指使率队到达了渠子镇，拿出了陈容贵亲笔写下的书信，然而当地人并没有对此产生同情。陈秋松大发雷霆，厉声叱喝他们忘恩负义，最后被当地人用棍子架了出来。他无法跟队员们交差，几乎众叛亲离。临近崩溃的时候，无数个日日夜夜锻造出来的应变能力再次拯救了他，当即决定原路返回，目标是望江村，先前路过的那个被洪水侵袭的村庄。他对刘鸿说，无论如何，我必须要给乡亲们一个交代。回到望江村后，他们把村庄里的尸体就地掩埋，将幸存的几个村民赶走，不留情面地占领他们的土地。不到两年的时间，就在废墟当中打造出了一片新的村落。新家园落成的时候，他们没有大张旗鼓地庆祝，而是悄悄把这份罪孽埋在心底。

随着社会的发展变迁，当初破败的望江落已经成为这个霓虹城市的一部分，陈问渠没能发现这片异乡便是他的故土。他是土生土长的望江村人，并且无数次跨过那片埋藏着他的重生之屋——放置着他爷爷遗体的棺木的土地，却从未获得过任何启发。

在这一个月中，陈问渠通过各种渠道寻找花果，确定它还没有被人类抓住。花果的逃亡之旅比陈问渠要艰难许多，它已经进入暮年，体力下降，身手不再敏捷，多次在捕杀中死里逃生。它在公园猎食的时候，被一群人用乱石攻击，其中一颗打掉了它的牙齿。它曾回到与陈问渠分别的桥头，却被巡逻队发现，尽管跳入水中逃生，后肢还是中了一颗子弹。人们从流浪猫狗的尸体中寻找线索，摸索出花果的行踪。走投无路的它最后闯入一户酒商家中，在院子里昏沉睡去。

夏立春回到家中时，那只黄色猛兽正盘踞在院落的一角。他没有被吓到，因为前段时间已在电视中看到关于它的报道，只是没想到会在自己家中遇到它。夏立春悄悄把院子的门锁上，拿起座机准备报警。这时老虎从睡梦中醒来，敲了一下窗户，它的眼神中没有流露出敌意，反而充满疲惫。在玻璃窗上留下了一道爪印之后，又回到角落里继续休养。夏立春敏锐地洞悉了它的孤独，这是他从未有过的感受，人与兽之间也能通过某种神秘的纽带而建立联系。因此当妻子赵平兰从菜场回来时，她带来的两斤猪肉全部被夏立春拿去喂食。

你疯了，赵平兰说，这是只老虎。夏立春说，它浑身是伤，活不久了。赵平兰说，上个月把驯兽师咬死的老虎，就是它。夏立春说，二十年前村子被淹，我跑到你家，也是这样狼狈。赵平兰说，得了吧，天天提这事，二十周年，是不是见谁都要感慨一句？夏立春从赵平兰手中夺过电话，说，要是报警，他们会处死它吧？赵平兰说，杀人是要判死刑的。夏立春说，我把防盗门锁上,明天一早它就走了,你就当它没出现过。

二十年前,夏立春在一棵香樟树上醒来,他没有沉到水底,因为树枝勾住了他的衣服,但是下半身已经被浸泡得没有知觉。天空中飘忽着细小的水珠,不知是未停的雨还是洪水溅起的水雾。这是他的世界末日,灾难抹去了房屋和土地,饭桌上的三世同堂,邻里间的欢声与嫌隙,以及望江村民质朴而勤恳的世俗理想,唯独留下他的性命。他离开了这片伤心之地,那时赵平兰正在为去世的丈夫守寡,他们许下的誓言提前有了结果,并在一年后结为夫妻,唯一的缺憾是赵平兰由于流产的缘故失去了生育能力。几年之后,他外出送货时曾偷偷返回望江村,发现这里早已焕然一新,成了另外一幅面貌。他得到了安慰,要是这片土地依然能开出花来,那么村子就不算被彻底抹去。他没能逃过故土的召唤,跟着当地人做起了生意,想要再度扎根于此,几年之后终于得偿所愿。

院中的老虎没有离开的打算,一待就是好几天,好在它表现得足够安分,赵平兰没有多加抱怨。陈问渠游荡在花果失去踪迹的地方,挨家挨户询问线索。第二天下午时找上了夏立春。夏立春第一次见到陈问渠时，感受到一种异样的亲切。这个男孩穿着破烂的裤子，衣服上满是泥垢，满脸都是落魄的神情。夏立春敞开门，示意让他进来。夏立春带着他穿过厅堂走向后院，赵平兰在厨房里熬粥。

过道里放置着大大小小各种酿酒容器，那是他们的经济来源。只可惜再多的财富也无法避免一个落寞的晚年，他们因没有子孙而找不到生活的意义。老虎的出现反而使他有了聊以慰藉的事物，因为花果在多年与人相处的过程中已经学会沟通，每当夏立春给他喂食时都会报以诚挚的问候，目光柔和，令人安心。

陈问渠想把花果带走，夏立春阻止了他，说，外面全是找它的人，反而害了它。在夏立春的邀请下，陈问渠暂住在他的家中，陪花果度过它最后的生命。他向夏立春讲述了自己与花果之间漫长的故事，一条隐秘的线索连接了两个孤独的灵魂，释放出压抑多时的百转愁肠。

花果的胃口越来越小，终于在一个寂静的夜晚死去，蜷缩在院子的角落里，在钢筋水泥的城市里走完了它的异乡之旅。陈问渠悲伤了一夜，无法排遣的痛苦使他意识到另外一个绝望的事实：老虎的寿命只有二十年，二十年对于一个人来说，他的人生才刚刚开始。

夏立春问，以后怎么办？陈问渠抱着死去的花果，热泪渗进老虎的毛发迷失了踪迹，他说，有胳膊有腿，打份工混口饭，应该不难，就是没什么活头。酒商蹲下身来，摸了摸老虎的毛发，陈问渠失落的眼神使他产生了恻隐之心，说，你要是不介意，认我做干爹，我儿子要是活着，和你一样的岁数。陈问渠从花果的死亡中回过神来，他在老虎的身上倾注了太多注意力，对人性的失望使他忽视了酒商的善举。夏立春说，我跟平兰没有孩子，你就当弥补我们的遗憾，以后跟我做生意，老了给我们送终，也当是报答了。陈问渠说，您儿子当初遭遇了什么意外？夏立春酝酿了一阵，发现自己并没有在岁月流逝中积攒勇气，回忆往事只是对自己的残忍。他对陈问渠说，我家人都在那一场灾难中去世，但是儿子的死却完全是由我导致。陈问渠说，话说回来，干爹，我还没问你的名字。他摸了摸陈问渠的头发，说，我叫夏立春，夏天的夏。

那是神奇的一刻,身体里的血液都变得温暖起来,夏立春不紧不慢地从自己的容器中倒出两杯精工细酿的醇酒,仿佛获得了对抗二十年前那场灾难的勇气,在每个夜半惊醒的梦中,他无数次埋怨上天让他在洪流中幸存了下来。正如陈问渠怨恨陈秋松将他从棺材中带进这个世上,他们在伪善的面孔中失去了死亡的权利,并且受尽命运的愚弄,注定无法得知身世的真相。一切正如陈秋松在日记中总结的那样——人生本就是一场如此的旅行。

云顶司机

二十岁那年夏天的某个傍晚,吴伟廉第一次爬上塔吊起重机,水泥与玻璃建造的大厦在他眼前缓缓展开,街道横竖有序,楼房交错无章,像电影里的巨型机器人从外太空摔落到地球上,零件碎了一地。吴伟廉胸腔中盛满了壮阔的情绪。于是他打开舱门,走到铁架台上,朝下面撒了泡尿,那淡黄色的液体经历了漫长的旅程,如同一道挥斥笔墨抖落到地面上。

不出意外的话,他今后的人生就会在这厕所隔间般狭窄的空间中度过,每天爬几十米到上百米的梯子上班,等到了二十二三岁,他会和亲戚朋友介绍的相亲对象结婚。更顺利一点,在他的孩子出生之前,也许能在这个霓虹城市中拥有一扇自己的窗户。

苏昕见到吴伟廉的时候,还是有一点犹豫,因为他是一个塔吊司机。她上网查过,塔吊司机,月薪五千起步,工作稳定,因为房子是盖不完的。他们在双子楼二十六层高的一家咖啡店里吃蛋糕,圆形台桌上摆满刀叉盘勺。苏昕问,你怎么干起了这个?吴伟廉这就想起她了,蒸馏瓶,小学时坐在他斜后方,那些顽皮的男生就这么叫她,因为她经常穿松垮的蓬蓬裙。吴伟廉说,上面坐着很舒服,没有人管我,风景也好,就是冬冷夏热。苏昕问,有照片没有?吴伟廉滑开手机,翻相册,说,找不到了,回头给你拍。吴伟廉说完就觉得烦了,他相亲三回,回回无疾而终,第一个开口就谈彩礼,要价三十万。第二个大他四岁,已经离过婚。第三个是行为艺术家,锁骨处文了个紫色的蝎子,两只大钳戳向胸部,只能露出一半,但是仔细一问,她也不是天蝎座的,吴伟廉觉得不靠谱。

苏昕是老家亲戚介绍的,他们说,都是在外谋生,哪怕成不了,也有个照应。吴伟廉收到亲戚发来的照片,照片上的女人穿着青色丝绒T恤,皮肤白皙,两节锁骨中透露出纤瘦之意，手指轻轻拂过齐肩碎发，一侧的挂式耳环耷拉到脖子上，风姿绰约，气度不凡。苏昕在互联网公司做前台，那是一家大企业，她骄傲地在掌心比划公司的名字。吴伟廉说，我知道你们公司。苏昕问，在哪看见过？吴伟廉说，还能在哪？当然是在塔吊上。他觉得自己讲话有些冲，又补充两句，说，从上头看过去，就像个键盘，到处都是密密麻麻的房子。苏昕说，咱俩要是成了，你能带我上去看看吗？吴伟廉说，这个干不了，上面太危险，一个踉跄，命就没了，你有恐高症没有？苏昕说，我不管，反正你得带我去。吴伟廉说，回头造小楼，我考虑考虑。

一个月后的某个傍晚，吴伟廉接到了苏昕的电话，说出来办事，路过他们工地，问他有没有空。吴伟廉说，你往上看。苏昕抬头，黄色铁架像一根长棍插在空中搅拌云霞，顶端搭载个空调外机似的操作室，一只胳膊伸出窗外朝她打招呼。吴伟廉花了十分钟才落地，他戴着黄色安全帽，光滑锃亮，但没有穿工作服。苏昕问，你下班了？吴伟廉说，今天没班。苏昕问，那你怎么在工地上？吴伟廉说，在哪待着不是待着。

他们打了车，驶过南岭大桥去往建在郊区的游乐园，江水迷离，夜风沉沉。游乐园里满是牵着小孩的年轻夫妻以及身着奇装异服的工作人员。苏昕要坐摩天轮，排了半个小时队，上去待十五分钟。吴伟廉说，我刚下去，现在又上来了。苏昕说，我想清楚了，你虽土气，人却不坏，能踏实过日子，就是工作危险了点，家里人那边不好交代。吴伟廉说，你要是觉得不行，不用这么费事。此时座舱转到最高处，城市下方微醺的灯光中洋溢着片刻宁静，像隔着爬满雨的玻璃，大桥上的车子在一片炽热的辉煌中不停地流。苏昕说，我不恐高，也不怕黑，就是想上塔吊看一看，好能说服自己。吴伟廉说，以前是一个人过，将来成了家，我会小心。

伴随着晚风吹打铁门发出的锵锵之音，两人陷入了默契的沉寂当中，整个座舱变成了远离尘嚣的独特空间，避开世俗纷呈的欲望，不受时间流逝的法则，像圣诞树上灯光吊饰，在一片葱郁中弥散浪漫之息。但吴伟廉没有在那个夜晚陶然而醉地幻想未来图景，他一如既往地缺失着这样的勇气，不过仍在心中悄悄满意，因为生活总算有些像模像样了。

多年以前，吴伟廉夹着双腿从旗杆上下来时，苏昕正在教室外的走廊窗台上写作业。那时他们还是中心小学六年级的学生，即使记忆是一项神出鬼没的程序，他们也难以回想起十年前那个稍纵即逝的对视瞬间。十三岁的吴伟廉是班级里最文弱的男生，面对下课铃与体育课都毫不兴奋，仍穿着颜色鲜艳的条纹童装与带米老鼠图案的凉鞋，而其他男孩已经开始发育，他们声音浑厚，喉结凸出，汗毛也变得浓密起来。他们刚接触到黑帮片，学会了讲脏话，习惯把裤子皮带垂到膝盖上。吴伟廉没有参与男孩们的游戏，从懂事之日起他就是一个自卑的人，似乎永远维持着熟睡未醒的状态。

某一个平常的早上，学校里所有的粉笔突然间不翼而飞，没有一间教室幸免于难。黑板槽中空无一物，只留有些吹弹即逝的彩色粉末。面对恶作剧，老师也束手无策，巧妇难为无米之炊，只好让学生反复地朗读课本，学生们则在狂欢之中度过了一天。学校里一名教科学的老师试图自己制作粉笔，他用石膏为原材料，加热后融入粘合剂，他在中午前做好了成品，但是写到黑板上黏黏糊糊，怎么也擦不干净，何况下午都是些体育活动课，便觉没有必要。男孩子们玩起了侦探游戏，煞有介事地推论着作案的小偷，最后把目光移到了吴伟廉身上，因为他孤僻、话少，不与人为伍，行踪难以琢磨，是最有嫌疑的人。

像他这样的男生，很容易被猜测出自一个不幸的单亲家庭，没有人惦记，也从未被人吻过脸。吴伟廉的父亲在一家汽车制造厂当铆焊员，因为长期在充满噪声的环境中工作，他患上一种叫"噪声聋"的病，听不清别人说话，因此他们不常交流，有时一天只有一句话，那是晚饭之后，父亲把一壶烧好的热水送到他的房间，对他说，水。他说得很大声，就像低年级老师站在讲台上教学生识字一样，水，有时会多加一句，温的。日日如此，那是他们仅有的交流。父亲大字不识，心拙口夯，因而热烈地期望吴伟廉能考上大学。他曾在一次家长会后步行十里去新华书店给他买习题册，回来后，吴伟廉告诉他，版本对不上。在吴伟廉眼中，父亲总是会心血来潮地去做一些没有意义的事情，对于真正需要解决的问题，反而失去了较劲的勇气。他的亲戚朋友多次劝说他去向单位索要赔偿，因为"噪声聋"是写入《工伤保险条例》中的职业病。他曾和厂里领导谈过此事，但领导认定是他没有及时治疗所致，拒绝赔偿。朋友建议他找律师，打官司，但父亲显然失去了周旋的斗志，尽管赔偿费是一笔大数目，但他依然以安之若素的态度蒙混至今。

放学之后，几个坏小孩将吴伟廉围向自行车库，两个男孩站在他后面，有模有样地学着电影里的画面，一手抓着他的腕，一手握着他的后肩。吴伟廉原以为是某种游戏，天真地问需要他做什么，为首的男孩站在他跟前，一声令下，将吴伟廉按倒在地，男孩要他明天继续偷粉笔，后天也要偷，就这么一直偷下去。吴伟廉说，刚出这事，学校一定看得严。男孩惊诧，问，真是你干的？吴伟廉摇摇头，瞬间发力摆脱束缚，于人群中推开一道缝，箭也似的朝操场跑去。男孩们紧随其后，大声喊，抓小偷啦！

身材瘦小的吴伟廉在这场追逐中毫不占优，他回头看时，黑压压的一片人影仿佛一张渔网向他袭来。吴伟廉顷刻间被恐惧淹没，像一个站在冰湖上的人突然因冰面开裂而迅速沉没。吴伟廉拼命往前跑，最后被逼到操场角落，那里只有一个废弃的旗台，操场翻新之后就不再使用。正当离他最近的男孩快要触碰到他的衣襟时，吴伟廉跳上旗台，抓住旗杆一跃而起。这一行为完全出于本能，脑海中也丝毫没有演练过。他拼命往上爬，前胸贴着杆，手挽长绳，双脚交叉成十字，他发现旗杆并非上下一致，而是会越爬越细，等到他回过神来时，已经上到顶端。他嘴里喘着粗气，心脏在胸腔中激烈跳动。他朝下望去，男孩们也在望他，干巴巴的眼神中流露出惊诧与错愕。男孩骂道，操，这人是猴子，撒尿！于是他们齐刷刷地脱下裤子，在旗杆上肆意挥洒，而后心满意足地离去。吴伟廉不为所动，因为他早已不再关心地面。

吴伟廉就在十三岁的那个宁静的傍晚发现了自己的天赋，发现了学校邻边布满爬山虎的废弃铁厂，发现了那条布满浮萍的河流上也有渔民垂钓，一条轮船声势浩大地从中穿行而过。他在旗杆上不觉时间流逝，直至变成了一个身披晚霞的站哨士兵，他为这个未曾来过的世界沉醉，害怕今天离开之后再没能力回到这个安全而迷人的洞穴当中。后来他试过几次，的确难以找回那日的感觉，就连旗杆也变得坚硬且冷，犹有一种将他拒之门外的意味，每次爬到一半就疲惫不堪。

半个月后，班主任在男厕所的便池旁发现了烟灰，办公室里没有老师抽烟，便怀疑是学生所为，他把男生一个个叫来检查，目光最后落到了那日欺负吴伟廉的男孩身上。男孩并不惊慌，坦然地张开口腔让他检查，右手却紧紧揉搓着裤子侧袋里一条口香糖的包装纸。男孩知道这并不能打消老师的顾虑，脑海中悄悄酝酿出了一个得意的计划。

他仍然决定找吴伟廉下手，不仅因为他逆来顺受的性格，就算被老师抓到，他笨拙的口舌也难以把事情向老师交代清楚。放学后，他们埋伏在食堂后门的砖头堆旁，一侧是围起的铁栏栅，一侧是绿化带，绿化带旁有一个给食堂员工用的卫生间，吴伟廉就在那里再次遭受了男孩们的欺压。那天傍晚他像往常一样往校外走，准备顺路去对面的熟食店买一点蔬菜当晚饭，这是父亲交给他的每日任务，因此早上会多塞给他一点钱。吴伟廉被男孩们擒住的时候，心里还在不停地惦记书包外侧里的那一张纸币，以为他们是冲着钱而来。

男孩脸上带着微笑，他从上衣的内袋里掏出红色的烟盒，从烟盒中抽出一根烟，打火机贴在烟盒内侧，男孩的指甲缝里满是泥垢，仿佛刚清理完烟囱，因此当他把烟塞进吴伟廉的嘴里时，吴伟廉除了感到恐惧之外还有一阵恶心。男孩自己也抽出一根，按下打火机，那一团小小的等离子体如同风中摇曳的小花苞。男孩说，我亲自帮你点了，你还不识相吗？来，吸一口。

第一口烟入喉，像火点燃了油，一路烧到胸腔，他立刻被呛住了，嘴里咳出一股淡烟，旋即融化在风中。脑袋里昏晕且热烈，几秒钟之后便传来一阵酥麻之感，似有放空后的飘然欲仙，但仍要适应。等到回过神来，他发现烟不知什么时候已经跑到食指与中指之间，十三岁的吴伟廉认为那是只属于大人的危险动作，自己却衔接得如此顺畅无瑕。这是天赋，他想。

未等他吸入第二口，他听见有人在男孩耳边低语"来了来了"，男孩将烟扔进便池，他们一哄而散，取而代之的是班主任阴沉的身影。他套上了白天没有穿的浅蓝色西装，左手拎着公文包，肩带垂到脚后跟。作为班主任，他刚到下班时间点。他伸出手，吴伟廉老实地将那一截烟递过去，他想辩解几句，但班主任一言不发，他也无从开口。

办公室光线黯淡的阴影中，吴伟廉的父亲见证着儿子变成沉溺于抽烟、打架的混混，出入于各种不良场所并与流氓为伍，尽管后半部分全然来自于想象，但向来忧虑重重的父亲并没有感到丝毫夸张。父亲问，什么时候开始抽的？吴伟廉说，这是第一支。父亲冷笑一声，班主任面色阴沉，劝说他讲实话。吴伟廉说，实话就是，他们把烟塞进了我嘴里。一阵长久的沉默，忽然，父亲歇斯底里地掐住他的嘴巴，吴伟廉有些错愕，倒不是害怕，而是惊诧于父亲怎么会变成这个样子。他下意识甩手挣脱，跑出办公室。

那是他第二次爬上旗杆顶端，悲怆的情绪自有一种魔力，和上次一样，几乎是一蹴而就般的顺畅，他死死地握住旗杆，感受到生命在黄昏中脆弱地摇曳，这种感觉将会永远铭刻在他心里。也许是他爬得太高了，父亲并没有发现他，他在操场上环视一圈就往校门外跑去，班主任也跟在后面安详地回家，学校锁上了门，平日里热闹喧嚣的校园变得寂静如夜。他已不记得在上面待了多久,好像旗杆在他的身下长出了钢条和铁梯,顶端的旗杆球上伸出一望无际的吊臂,它们共同组成了一座塔吊,而他也变成了如今的样子,在城市高处安然地做一个山顶洞人。

苏昕问,你爱抽烟的毛病就是那时染上的吗?吴伟廉说,有一回我从山上下来,看见几个游客在树林里抽烟,后来那山就烧没了,我坐在塔吊上,往下扔一支烟,闭上眼睛,就感觉城市也在一片火海里化为乌有了。苏昕说,你悠着点,前两天电视上又播塔吊坍塌的事故,也不知道你们工地安全检测过不过关。吴伟廉说,你不用劝我辞职,我在上面待得挺好,每天念诗,大漠孤烟直,长河落日圆。苏昕说,你没上过大学,讲话倒不失风趣。吴伟廉说,父债子还,我爸就是吃了嘴笨的亏。

一年过后,吴伟廉和苏昕结婚。结婚之前,吴伟廉回老家接他的父亲。父亲五十八岁,已经退休,耳朵越来越坏,连电视也没法看,吴伟廉的姑姑每天早上给他送来报纸。他穿着军大衣,戴着护耳帽,蹲在门口迎接儿子回家。吴伟廉上去就扒拉他的衣服,说,爸,天气还没那么冷,全是汗。父亲护住领口,轻轻地推开他。吴伟廉在他边上蹲下身,抽出两根烟,一根给他,一根给自己。时隔多年,村子依然没变,道路翻新,房屋衰旧,污染的河流中布满绿色的水华,地面上的砖缝里嵌着枯萎的杏树叶。抽完烟后,父亲喊他进屋,关上门,光线顿时暗下来。父亲从床底下拎出一只行李箱,再从行李箱里拿出两个大纸包裹递给他,吴伟廉撕开一条缝,是钱,数十万的钱。他惊讶地望向父亲,问,哪来的?父亲朝他摆了摆手,脱掉军大衣,挂到门旁的衣架上。吴伟廉眼角泛泪,面对自己日渐苍老的父亲,他第一次流露出难以平复的汹涌情绪。父亲拉开窗帘,阴郁的阳光照亮了桌上的酒瓶子,他冲着吴伟廉指了指自己的耳朵,用力喊,赔的!拿去结婚!

他不记得父亲是什么时候心灰意冷的。十五岁那年,他上初二,同学们在桌上偷偷刻上想去的高中的名字,而他刻了五个字:如意金箍棒。那时他正沉迷于和人打架,不停地在街头小巷引发混战,占到了便宜以后就跑,身手利索,一溜烟蹿上高大的香樟树或电线杆,对方在下面气得跺脚,只好威胁他,你等着。这招屡试不爽，使他走出了往日的自卑和不幸。他在一个傍晚爬上家不远处的一根电线杆，这根电线杆杵在胡同拐角，特别容易撞上，而且有些歪斜，扎人眼球，一定要爬一爬。他双腿夹在高处的横杆上，用锉刀在上面熟练刻下：如意金箍棒。虽然大家都叫他猴子，但在他的想象中，自己是叱咤风云的孙大圣，手里拿的是定海神针，整条街道都为他俯首称臣。但他最终还是惹上了不该惹的人，被人用弹弓从电线杆上射下，摔断左腿。父亲带他去办理休学，才知道他打架斗殴的事情。在父亲不依不饶地求情下，学校答应保留他参加中考的资格，但不许他再回校上课。

父亲给他请了家教，一个教语文英语，一个教数学物理。然而几次下班回家，看到的却是吴伟廉架在电线杆顶端，老师在下面给他朗读课文。父亲终于不得不承认让吴伟廉考上高中是一项不可能完成的艰巨任务，从那时起就不再对吴伟廉抱有期待。在一个交心的晚上，父亲在绝望中向他悲诉衷肠，说，你不上学，怎么在世上找到活法？几年之后，当吴伟廉拿到塔吊司机证，他打电话给父亲，告诉他自己找到活法了。父亲长叹一声,说,到头来还是回到工地,瞎折腾大半辈子。

登上塔吊之后,吴伟廉意识到自己正在发生某种变化。驾驶室是一个白色的小仓房,配有一张蓝色椅子和可以开合的挡风玻璃,椅子两侧是操作杆。他登入驾驶室,把椅子调整至舒适的位置,后脑勺轻轻搭上靠背,双手紧握住操作杆,那一瞬间是他有生以来最为惬意的时刻,仿佛赌徒抓了把同花顺。他的神经仿佛注定要与此连接,和整个塔吊融为一体,冰冷的器械也经由他迷人的想象而散发出柔情万种的梦幻气息。这是他的铠甲,他的唱片机和瞭望镜。他于睥睨众生中获得勇气,在平视夕阳中抚平情绪。远离尘嚣并与孤独为伴,面对这每个人难逃一劫的命运,他已幸运地找寻到了安顿之所。他患上了一种与"恐高症"相反的症状,他过于依恋高空,对纷繁复杂的人世间避之不及,在下面不得不考虑结婚生子、车房工资这类结实挺拔的问题。但是只要登上塔吊,他就成了没有烦恼的快乐王子,这是一种令人健康的孤独,如果不是出于作为社会人的需要,他愿意一辈子沉浸在塔吊上。

这种病症在一段时间后愈发严重,天上的从容与地下的繁缛注定无法共存，使得他在下班前后判若两人，这并非是便宜的代价，随着这种界限愈加分明，他在地面上变成一个脑子慢热、内向迟钝的家伙，但在高空依旧性格开朗，口齿伶俐。他因无法随时摆脱对于天空的种种依恋而陷入痛苦当中，因此当她与苏昕相亲时，特意选择了一家高楼层的咖啡厅。订婚之后，他带着苏昕偷偷上过一次塔吊。那是一个充满工业气息的浪漫之夜，夜幕空旷，月色温柔，吴伟廉在数十米的高空将苏昕缓缓展开，这非同凡响的体验使日后所有的房事都黯然失色。

两人结婚不到半年，苏昕怀了孕，孩子生下来，取名叫吴子棋。苏昕认为，名字太俏皮，不合适。但是吴伟廉有他自己的想法，他说，五子棋是唯一一样永远也下不完的棋类游戏，这就是寓意。

吴子棋长到六岁，吴伟廉因买不起房而辞职回老家发展，顺便照顾父亲。在吴子棋的眼里，祖父是个头发花白的老人，嘴里也装上了假牙，耳朵不灵，时好时坏，就像用久了的电视遥控器，经常聊着聊着就突然不理人。听父母说是因为先前在大机械厂工作，听了太多噪音。村里的其他退休老人，每逢周末就坐公交到镇上的茶馆里听评书，祖父有时会跟伙，但他听不了这个，只是为了避免晚年孤独。

回老家之后，吴伟廉依旧开塔吊，小城的塔吊不高，周边也都是些矮房平层，开起来不够味道。唯一有意思的是可以看到街坊邻居的生活日常，比如说，哪些男人背着妻子去了不该去的地方，哪里又发生了严重车祸，谁家的狗又走失在胡同旮旯。他会在吃晚饭的时候和家里人谈及这些事，因此当吴子棋上了小学之后，每次去游戏厅都要贴着墙走，以免被父亲抓个正着。只有一次走得仓促没能顾上，等他到游戏厅时父亲已候在门口，仿佛从天而降。

吴伟廉在这件事上获得灵感，后来他不断申请调到学校附近的工地上，备了一副望远镜，监管吴子棋的一举一动，就连苏昕也觉得有些过分，她认为丈夫在对待儿子的教育上过于慎重。从没完整看过一本书的吴伟廉在孩子出生后买了无数早教书籍，胡乱堆砌在床头，不同的书展现的观点也无一相同，最后看得连自己也找不着北。吴伟廉大为恼火，宣泄愤懑的情绪，庆幸当年没有把精力浪费在毫无意义的读书上。苏昕劝说他对孩子宽容一些,过分地管控只会使吴子棋越来越内向自卑,她打了个比方,一条鱼在鱼缸里待久了,放到大海里也游不远。吴伟廉说,他还小,一两件坏事就能改变他的人生,这一点我有体会,当时过去了也就过去了,事后回看,背后发凉。苏昕说,别人家的父母不开塔吊,孩子也好好的。吴伟廉说,既然有这个条件,为什么要浪费?

婚后数年,他们经常为这些小事吵架。吴伟廉的变化发生在孩子出生之后,一改往日的木讷与内向,变成一个爱拿主意的人,在许多苏昕看来毫无意义的事情上挑剔不已。她没有流露出抵抗情绪,同天底下那些勤劳、朴素、持家的妻子一样,天生对这些事物缺乏判断,并且比丈夫更懂得把精力分配到家庭琐事当中。苏昕眼中的儿子是在一件件穿脱线的毛衣中长大的,也是在一双双因身体快速成长而被迫丢弃的鞋子中长大的。她操劳家务,打理父子俩的生活,确保吴子棋每天早上能喝到热牛奶,确保丈夫的饭盒里永远有新鲜的饭菜。

有一次习作课上,吴子棋谈到父亲的职业,写道,那是一个巨大的牛奶盒子，盒子旁边贴了一根细长笔直的吸管，我的爸爸就坐在吸管的最上头。吴子棋上五年级时，逃了一次课。当时吴伟廉在一次爬梯时摔下，手撑地，断了胳膊，也摔伤了腿，请假养伤。机会千载难逢，那天下午，吴子棋吃完午饭后就去了游戏厅，将平日里积攒起的零花钱挥霍一空。下午三点，轮到班主任上课时才发现教室缺了一人，立刻通知了他的母亲。苏昕望着床榻上的吴伟廉，一下就猜出了儿子的去处。找到吴子棋后，儿子万般恳求不要将此事告诉父亲。苏昕长叹一声，竟觉得儿子有些可怜，从钱包里掏出十块钱塞给他，说，留着下次玩，但是不准再逃学。后来想起此事，苏昕有些后悔，以奖代惩，怕教坏了儿子。也是在那时起，她发现自己已经深受吴伟廉影响，对待儿子的教育上同样流露出患得患失的心态。

　　苏昕说，妈当年逃学，比你有办法。吴子棋问，什么办法？苏昕说，告诉你也无妨，具体事情我忘了，应该是跟你外公吵架，凌晨离家出走，不想上学，把学校里所有粉笔都偷了。吴子棋说，妈，你真聪明，可是粉笔太多了，偷不完。苏昕拍了一下他的脑袋，说，没让你学，我上学那会儿，整个学校也没多少粉笔，你要再干坏事，你爸饶不了你。吴子棋问，后来有被抓到吗？苏昕说，这件事，除了妈以外就你一个人知道，你爸我都没告诉。

回家之后，苏昕烧好晚饭，把丈夫从床上扶起。吴伟廉吃到一半，挂着拐杖去门口抽烟。结婚多年，吴伟廉在工地受伤已经不下十次，身上淤青不断。苏昕再次鼓动吴伟廉换份工作，去年他有一位同事去世，塔吊在运行时标准节突然垮断，一头倒在泵车上。他们谈起此事时，吴伟廉安之若素，甚至反问苏昕，在生命的最后几秒里，知道自己要死的时候，那个司机会想些什么？这一问令苏昕毛骨悚然，一连几天做噩梦，梦见塔吊倒塌，钢筋木楞把他丈夫扎成了刺猬。她始终无法理解对于这份工作的狂热，每次伤还没好就急着上工地。

除了苏昕之外，吴子棋也承受着极大的心理压力，因为不论走到哪都逃不过父亲的监管，导致他对于天空和一切长在头顶的事物都充满畏惧，最终患上恐高症。吴伟廉知道此事之后，还是有点难过，冥冥之中感到儿子正在渐行渐远。这件事他翻来覆去地想，想了好几个方面，好处是吴子棋至少不会走自己的老路，坏处是这毛病确实影响日常生活，两年后他上初一，教室在三楼，托了些关系才转了班，换到了二楼的班级。正如当年父亲关心他的学业一样，吴伟廉也无时无刻不在挂记着儿子的成绩。他要求不高，能考个本科就满意了，将来进个事业单位工作，安稳度日，正像他父亲当年对他的期盼一样，总之别再踏进工地。

十五岁那年，吴子棋的恐高症变本加厉，离地超过两层楼就开始头晕眼花，呕吐不止。这一症状令吴伟廉大惊失色，在这之前，他最大的忧虑是自己的命运以轮回的方式重现在儿子身上，因为发育后的吴子棋与年轻时的他格外相似，身材魁梧，胡子浓密，就连讲话腔调也如出一辙，语速平稳缓慢，但在使用动词的时候格外用力。性格也别无二致，坏的全继承了，内向孤僻，没有朋友。偏偏在恐高这一点上，不知出自何种基因，与父辈的天性截然相反。心理医生声称这和成长环境有关，尤其是童年时代受到过创伤，但吴伟廉并未从中获得任何启发。

坚持了一段时间的系统脱敏疗法之后，吴伟廉发现不起作用，决定用自己的办法来尝试。他带吴子棋来到一棵棕榈树下，拍了拍他的肩膀，说，像这样，双手抓住树干，腿往上蹬，绕过树干后盘住。尽管人到中年，吴伟廉仍然臂力惊人，半盏茶功夫就爬到了顶端。而吴子棋站在原地，笨拙地模仿着父亲的动作，却没能离开地面半步。他朝着天上喊，我学不会。吴伟廉从树上滑下，用肩膀托住他的屁股，说，小时候你爸被人欺负，全凭这招活命，你再试试。吴子棋蹿了两下，动作极不协调，像一条被鱼叉戳着的鱼在挣扎扑腾。吴子棋说，没用，我没这能力，再说了，我学爬树干吗？吴伟廉说，这你甭管，先用力往上使劲。吴子棋说，爸，我使不上，树干硌着蛋了。

苏昕站在窗口，看着父子俩正艰难地在这项原始运动中呼唤血脉间的联系。两个影子交错在一起，在正午阳光的照射下轻盈律动。她比任何人都要看得清楚，吴伟廉正在一项没有结果的试验上徒耗精力，儿子也在为没法和父亲建立起默契而自责，这一幕令苏昕心疼不已，无论如何，事情不该被逼着走到这一步。她打开窗，朝父子俩喊，歇歇吧，先回来吃午饭。

吴伟廉心底泛起一阵凉意，他开始想，生孩子就像刮彩票，有些人运气好，中了头彩，有些人生来平庸，与佛无缘，包括他的父亲在内，都不是吉星高照之人。尽管儿子一早就向他证明了这一点，但吴伟廉仍在自我欺骗中蒙混了过去。七岁时他教儿子下棋，儿子只学会了用棋子摆出自己喜欢的图案。带他去草坪上放风筝，却永远分不清风的方向。唯一感兴趣的把玩电脑，但至今没能掌握打字的正确方式，只是用两根手指到处戳字母。所有的往事都没有像今天这样令他失望，他像一个风烛残年却找不到继承者的老人，在命运的捉弄中洞悉了人世间的残忍。

四十岁那年夏天的某个清晨，吴伟廉最后一次爬上塔吊起重机，脑海中疑虑重重，想的全是他的儿子，自打升入高中后，吴子棋的成绩便一落千丈。他沉思了一整天，肩膀像顶了两个脑袋，一个认真工作，一个仔细忧虑。傍晚下班，他迟迟没有走出驾驶室。令他回过神来的是雨水敲打挡风玻璃的声音，清脆入耳。他抬起头，看到外面狂风大作，雷电交加，他从未见到如此清晰的有形状的闪电，仿佛香樟树的叶脉。当被无数闪电包裹的时候，吴伟廉意识到自己已被困在此地，于是开始祈祷，倒是不是害怕死亡，只是心中仍觉得有没完成的事，但他也没能想出个具体结果。因为死亡在临近之时暂停了时间，他看到塔吊臂上溅起无数火星，一阵激浪朝他袭来，汹涌澎湃，滚烫如铁，把他整个人照得白净剔透。

当天傍晚，吴子棋放学回家，突然感觉头顶空旷了不少，他没有多想，以为是刚下完雨的缘故。拐入家门口的那条小径时，他怔住了，那根有点歪斜的电线柱子映入他的眼帘，在他出生之前就一直杵在这里，但今天不知为何格外引人注目。陡然之间，就像受到某种神秘的召唤一样，他扔下书包，走到电线杆前面，用手感知着它的硬度，接着抬起右腿，脚掌贴着柱子。吴子棋感到体内有无穷的力量不断涌出，底下像有什么东西推着似的，猛一发力，手脚伶俐地在电线杆划出轨迹，动作娴熟令他自己也无法相信。回过神来时已经站在离地十米的高度，平日里该有的恐惧在这一刻隐迹匿踪。他朝天空望去，被雷电雕刻后的云雾布满划痕褶皱，背后是暗黄色的光芒，给这谋杀之夜平添了几分阴森瘆人的氛围。但他没有意识到这些，只觉得空灵的世界令他感到新鲜有趣，呼吸也变得顺畅许多。他成了此刻宇宙中唯一幸福的生灵，并且做出了一个兴奋的决定，他要在此处等到父亲下班回家，好向他展现这一奇迹般的成果。

吴子棋在这个梦幻世界中沉浸良久，四肢也毫无疲意。从今往后，再没有任何障碍能阻止他上天入地，腾云驾雾，因为他看到柱子顶端镌刻了五个大字：如意金箍棒。

月亮照常升起

2007年,我念高中的某个傍晚,学生乘着下课铃声走出校门。我、魏吟、吴子棋、梁达鑫,四个人聚在车库。魏吟掏出从物理实验室里偷来的放大镜,盛到太阳底下,对准烟头,然后说,借个火。一阵青烟招摇升起,点燃的烟头在我们手中转了一圈,最后又回到魏吟手中。我深吸一口,把烟当酒杯举起。魏吟站在火光中间,说,从今以后,我们就是流氓了。

成为流氓的那个晚上,我不仅抽了烟,还喝了酒。半夜被尿憋醒,起夜的时候,我有些心慌。从桌底下翻出带锁的旅行箱,我的十六岁生日礼物,密码是326,林婉音的生日。里面的物件摆放整齐,一本日记,一本练习册，几张试卷，全都跟她有关。魏吟跟我说，当流氓要干四件事，抽烟、喝酒、打架、泡妞。现在已经干了两件，我比他们多干了半件。

我爱上了林婉音，那是另外一个傍晚的事，尽管她就坐在教室中间，什么也没有做。我在本子上胡乱写东西，一开始像日记，后来变成了想象，但也不是小说一类的东西，说白了就是瞎写。有时我会写到林婉音，一个白色的女孩，我从她的身上偷走一点香味，转头看见她的脸，刘海挡去一半的视线，她那么好看，我想把自行车后座留给她。写到这个时候，就不由我做主了。这些东西像粘在教室的天花板上，某一天噼里啪啦全落下来，变成了实际发生的事。而我也越来越遗憾，因为不论我怎么写，总是跟现实有点不同。老师在黑板上讲课文，罗素的《我为什么而活着》，念到最后一段：这就是我的一生，我觉得我活着值得，如果有机会的话，我还乐意再活一次。

2021年，我三十岁，家里催讨老婆的事。我赖了几年，等到这一天，林婉音在我旁边醒来，我们住在菀南路的一个酒店里，旁边是当年的高中。我抽出一根烟，从口袋里掏出放大镜,拉开窗帘,盛到阳光底下,一分钟过去了,没有燃上。林婉音披上白衬衫向我走来,此时的她,澄净如水,袖管像两道涟漪轻轻晃动。上个月,她留学归来,拿博士文凭,进研究所工作。我说,从我认识你开始,你就戳个笔在那拼命,到了现在,终于学完了。林婉音说,这条道上弯路少,不容易出错,我爸妈在体制里工作,一辈子都想往上爬。我想起一件事,说,我以前有个本子,随便写点什么,就有事能变成真的。林婉音说,昨晚的事,你也写过吗?我说,那倒没有,不太好写。林婉音说,是不好写,还是不敢写?我说,我有什么不敢的,有些事,写了没用,反而怕本子不灵了。

我和她第一次说话的时候,学期已经过半,她坐在我后面,传作业本的时候可以回头看她,她很少抬起头,总是跷个二郎腿,在那里认真地做题。我十六岁了,我对着《泰坦尼克号》哭,也能看懂一点相对论,我应该知道什么是爱情了。不像十二三岁的时候,写封情书要查好几次字典。林婉音是班上的学习委员,这个职位只负责一件事,考班级第一。生物课上,老师讲到含菌量的实验设计,让前后桌讨论。我转过头去,林婉音已经在等我,右手托着下巴,手上卡着一支笔。她的眼神里终于有我了。我说,来聊聊。她说,聊什么?我说,聊什么都行,别聊题目。她说,那没什么好聊的。我说,说说你吧,将来想干什么?她说,我没想好,我在想期中考试。我说,目光短浅,你再往远处想想。她说,我想不过来。我说,现在是2007年,一堂普通的生物课上,十年后你能不能想起今天?她摇摇头,说,肯定不能。我说,你就记一件事,十年后,你混出名堂来了,你要想起此时此刻,脑子里写一封信,寄到这节生物课上,能不能做到?她说,也许可以。我说,那好,现在你就收到它了。我拿起笔,在纸上写下,林婉音,2017寄往2007,下面留一片空白。我说,怎么样,能看见空白处的字不?她说,被你这么一绕,我有点想明白了。我说,明天要交作业,你帮我写了。

那天晚上,我和另外三个哥们去校外溜达。因为林婉音,我获得了一些额外的勇气,多喝了几口酒。魏吟不知从哪搞来一个相机,说,照照。于是我们贴排站到一起,后边是湖,湖对面是九中,我们的学校,最高的教学楼上建了一口大钟，分针和时针夹了个钝角，10点25分。拍完那张照片后，他搂着我的肩，说将来想当摄影师，去拍只有他能拍出的照片。他说，我想明白了，这世上没什么东西能让我兴奋，但就是这个，你听。他对准桌上的酒瓶子，按下快门。听见没有？就这"咔嚓"一声，我就硬了，这是老天爷在跟我说，这是你的饭，端好了。后来的一堂数学课上，魏吟摆弄相机被班主任发现，当场没收了去。里面存着我们干过的所有蠢事，抽烟，逃夜，涂鸦，对着电线杆撒尿，还有几张女学生的照片。班主任等于端了个窝点，新账旧账，铁证如山。我们四个站在办公室外头，四对父母，正从城市的不同地方赶来。那二十分钟里，我想明白很多事。

　　我待在学校，像一块放错了季节的雪糕，精神和肉体都在融化，假以时日，我就会变成一摊液体，匍匐在大地上，任谁见了都要躲远一些。我的父亲，一名优秀的中学语文老师，我的母亲，在交管所谋了个闲职。他们活得体面，走到哪都杵得住。但他们的孩子，我，已经蔫了，我不仅自己没了尊严，也让他们失了体面。我从七岁开始上学，不过是从一张黑板换到另外一张黑板，从一张试卷写到另外一张试卷，现在我跟他们说，我不玩了，不是因为今天被逮着了。而是我再这么混下去，他们早晚会亲自审判我，跟我说，江树，你毁了。不为别的，只是我的试卷比别人好批一点，除了画叉，就是空白。我早一点认命，就能多活几年。我可以找个小县城住下，打份零工，偶尔买彩票，三块钱一个的包子，吃两个我就饱了。打一辈子光棍也行，就是想到林婉音，我会痛苦。我从她的前桌，走到了她的背面，除非她会溜太空步，否则这辈子是撞不见了。

这时候，我的父母朝我走来，一前一后，他们的面孔从未如此刻一般相像，冒着火焰，头顶是滚滚浓烟。他们一句话也没有说，也没有看我一眼。正午的阳光把我们隔开，我站在阴影里，他们在外头，像医院门诊外的等候室。最先进去的是魏吟父母，他的父亲是出租车司机。魏吟跟我说，他的父亲握了大半辈子的方向盘，没出过车祸，日子过得不偏不倚，一直到了他这，终于压了黄线。多年以后，我从外地出差回来，偶然搭到他爸的车，他的头发白了一半，没有认出我来。付钱的时候，我看到钱包里的照片，魏吟站在他身边，身形俊朗，神采焕发。彼时的他成了一名地铁司机，他爸在上面，他在下面，比他爸更加不偏不倚。一天开十趟车，每一站都能精确地对齐门，误差不超过五公分，这么多司机里，只有他能做到。闲的时候，他仍会跑到废墟上拍照，寄给杂志社，如果刊上了，就剪下来裱好。

第二个进去的是梁达鑫，他的父母比他难搞，拎不清班主任的意思，挨了半天骂，该递的话都递出去了，照例该认认错，悔不当初了，他的父母一句好话也没有。班主任懵了，打量起了样貌，是这模样，没有错，你们是亲生父母吗？他爹终于回话了，念不下去就算了，不指望，正好饭店缺个帮手。他爹的眼力见无可匹敌，没过几年，外卖行业兴起，梁达鑫开着个小摩托，管半个镇子的人的饭，干得有模有样，一刻也没有闲着。

梁达鑫出来后，轮到了我，班主任在他那儿吃了瘪，骂我骂得更狠。但具体怎么骂，我也记不清了。我只记得我爹的模样，这是他一生中最窝囊的时刻。几年后他开车违章，被一个曾经是他学生的交警拦下，拿不出驾驶证时，也没像此刻这般窝囊。而这一切都是因为我，自从上了中学后，我们就很少讲话，两个人像沉在水里，不管怎么瞪眼，吐气泡，就是说不上话，因为谁先讲话，谁就要被呛住。有时我会好奇，他给学生上课，究竟是一副怎样的滔滔不绝的腔调。他讲到朱自清的《背影》时，又该如何避免想到他糟糕的儿子，好藏住那两行由来已久的热泪。直到那天在办公室里，我有了答案。一个四十五岁的中年人，无论他先前趟过多少沟壑，历经何种磨难，只要拍拍身上的土，咬紧牙关，眉头就不再紧皱。直到我变成了一个无赖，生活脱缰而去。因为他无法代替我去努力，在试卷上混出一个好看的数字。也无法代替我去思考，去承认当下没有比高考更重要的东西。他只能代替我去挨骂，在一个三十多岁的后辈面前，除了憋着气点头，啥也干不了。为了挽回点尊严，他找了个话缝插进去，说，我也是个老师，也当班主任，没管好，罪加一等。说完这话后，班主任就毕恭毕敬了起来，这个转变也不是那么体面，因为他直接把二郎腿给放下了。最后，我的父亲动用了一些关系，让我继续留在学校，前提是得把期中考试考好了。

回到教室后，我的桌位换到了角落里，我要离开林婉音了。学校以成绩划分阶级,无论我怎么拾级而上,都不该坐在她旁边。她跟班上最聪明的男生讨论数学题,和最有文采的男生交换作文,而我只能在座位上玩打火机,看着火焰燃起又熄灭。我想象自己是西西弗斯,但我不知道手里的石头是什么,也许是某种要不得的思念。我的大脑就像一台碎纸机,把无数写好的话碾成碎片,再把碎片拼接成新的句子,重新放进碎纸机。我什么也做不了,只能坐在角落里,对准林婉音的后背,摁下打火机,透过火光看她,把对她的思念缓缓烧尽,只有这样我才会好受一点。我是个流氓,暗恋是最要不得的。有一天放学,她从后面出去,把一本崭新的习题册压在我的桌上,里面有一张纸条。上面写,江树,我知道你很痛苦,没人能凭自己的想法过一生,如果你还想留在学校,周末可以找我补习。

那张纸条我留到现在,对角折叠整齐,确保没有压到一个字,夹在一本名为《太阳照常升起》的书里。人没有伟大的目标,也应该有渺小的信仰。每当我混不下去,我就打开那张纸条,望一眼上面的字,铁划银钩,云烟婉转,这时我便能攥紧拳头,重整旗鼓。那几年我和她断了联系，得不到任何回应。我把她分成好几块来想，十五岁的林婉音，想起她时，我绝非自作多情。无论她后来如何变化，都不会打扰到那时候的她，站在光明的长廊，一言不发，等我回去。那个遥远的周六下午，我翻出林婉音送我的试题册，胡乱写了两页，扔进书包，骑上自行车。一路上我都在演练如何跟她说第一句话，如何优雅而端庄地坐在她的边上，听她讲解晦涩的数学题。林婉音所说的痛苦，并非我的痛苦，交出一张糟糕的试卷，被班主任扫地出门，就是我人生的下两页剧本，我泰然处之，但也与那种痛苦狭路相逢。因为我决定跨进她家的大门，伪装成一个需要被拯救的落水者，让她来拉我一把，这样我就能跟她凑得近些。但我难免要让她失望，无论她如何努力，也不可能拽着我游到岸边。

那是我第一次在休息日见到林婉音，她穿着宽松的居家服，脚上踩着凉拖，从鞋柜上拿下另一双凉拖，旋转半圈，把脚跟对准我。我换好鞋，她领着我来到她的房间，坐到那张堆满书的桌子前。她拿走我的习题册，认真批改起来。她说，江树，知道为什么找你来吗？我说，因为你是学习委员，我是最不爱学习的那个。林婉音笑了，说，论不爱学习，魏吟比你更混。我说，他有一技之长，照片拍得好看。她说，谢谢你之前陪我讲话，我长这么大，没交到几个朋友。我说，怎么突然伤感起来了？她把批好的习题册挪到我面前，满眼都是红叉，她说，在你眼里，我是不是那种除了学习，什么也不会的女生？我说，班上那么多同学，你是唯一不劝我好好念书的。她说，轮到我问你了，你将来想干什么？我说，我想找片大海，坐在灯塔上，当看守人，每天看太阳从这头升起，又从那头落下，我就想干这个。她说，这个干不了，干点别的。我说，我想找个天文台，当观星人，在夜幕星辰下睡去，如果见到了流星，就许愿。她说，我见过几次流星，没一个愿望成真，再换个。我说，那我想开家书店，把自己写的东西印成册，混进去，放在鲁迅全集边上，骗人钱。她说，倒不是别的，将来没人看纸质书，再想想。我说，那我想不出来了。她说，想不出来，就好好待在学校。

我打开书包，从里面拿出两件东西，一把弹弓，一颗高尔夫球，摆到桌子上。我说，我玩这个特别厉害，二十米以内的物体，指哪打哪，从不失手，你能不能答应我一件事情？林婉音问，什么事？我说，我观察过了，你住在宿舍三楼，旁边正好对着一盏路灯，如果哪天晚上，我把灯泡打碎，你就下来，好不好？她说，为什么？我说，我就一颗子弹，不是要紧事，我不会用它。她说，破坏公物不好，我答应你这一回，但你得把期中考试过了。我说，好，就这么办。我话说完，林婉音拿起我的高尔夫球，又找了把锉刀，在上面刻下三个字母，LWY。

尽管我嘴上允诺，但是期中考试那天，我没有踏进考场。我正儿八经听了几节课，什么也学不会，老师是游荡在教室里的怪兽，我无法容忍自己的笨拙。我把鞋子锁进柜子里，把钥匙扔到我够不到的橱柜顶上。考试铃响的时候，我就待在宿舍，哪儿也去不了。我对不起林婉音，她白费功夫，我什么也给不了她。我应该买张车票，这样等到退学那天，不至于太狼狈，我把它当旗帜一样挥舞，热烈地迎接他人的冷眼。终于要离开这帮人了，我可以随便找个什么地方流浪。想到这里，我有些后悔，我不该把鞋子锁起来的，人，只要还能走路，就能走到自己该待的地方。但我现在只能躺在床上，攥着右侧口袋里的高尔夫球，它温婉如玉，永远也不会割伤我。

一个礼拜过去，我没有被开除。我不仅有了成绩，而且考得挺高。林婉音在姓名那一栏写下我的名字，替我去考了试，自己的成绩成了空白。那些不属于我的试卷一张张来到我的手里，上面的字迹，潦草奔放，仿佛真出自我的手指。我不知道她费了多少时间，才能模仿得如此相像。当我再向她的位子看去时，她已经消失。班主任来找麻烦了，因为她缺席了几场考试，除了写检讨，还要见家长。那是她学生时代最黑暗的时刻，伸手不见五指。令我羞愧的是，我不知道有什么可做的，也许我应该幡然悔悟，从第一篇课文开始背起，把未完成的试题全部补上。但我更想告诉她，我不值得她费事，我以前就是个混混，以后也还是这么混。

林婉音从办公室回来后，我趁着晚自习的间隙找上了她，我说，走走。林婉音起身，我们去学校后面的操场上绕了一圈。操场上风很大，把她的长发吹起打乱，她抬起手轻轻挽住，我的肩膀时常撞到她的胳膊肘。我们从无数情侣间穿过，微妙的氛围加快了血液流动，仿佛有什么东西正在融化。林婉音说，我就是觉得这事很机灵，我在试卷上写下你的名字，好像就掌控了你的命运。我说，我不知道命运长啥样，但肯定不是摊在桌上的一张纸。林婉音说，我学得很辛苦，一道题研究一下午，不过我不是只会考试。我说，你是个像样的好学生，下次别写我名字了。林婉音说，江树，你才十六岁，不要毁了自己。我说，上帝关我一扇门，就会给开我一扇窗，我要找到那扇窗。

一个喧嚣的夜晚，我从宿舍的床上惊醒，灯光打在我的身上，正好印出窗户的轮廓。我摊开手掌，盯着我的掌纹，生命线是一道长长的裂缝。我处在其中一点，不论去哪，都看不到捷径可走。我又想到了林婉音，这个女孩寄居在我的身体里，我随时能凑上去跟她说话，但我常常拿起一把五公分长的小刀，悄悄倚在胸口，这句话是说，不要靠我太近。我的痛苦来源于此，一旦她试图叫醒我，我就要叫她体验一回徒劳无获。但我没法阻止她，在那片黑暗的地带，一束光要照进来，你就只能让它照进来，所有的阴影都要为它让道，没有商量的余地。她能带给我的，是片刻的欢愉和无止境的怀念。

为了避免痛苦，我开始更频繁地逃课，魏吟和梁达鑫离开了学校，剩下我和吴子棋。吴子棋是我们当中最内向的人，那天在办公室，他爸吴伟廉闹得最凶。吴伟廉在工地工作，当塔吊司机。初中的时候，吴子棋不听话，吴伟廉就背着他爬五十米，把他关进塔吊的操作室里，关了几次，他就成了今天这个样子。当了半辈子工人的吴伟廉，殷切希望儿子能出人头地。那天下午，吴伟廉跪在了班主任的面前，万般乞求，给他儿子讨来了重新学习的机会。

学会脱手骑单车的那个夜晚，是我最后一次见到吴伟廉。梅雨季已经来临，晚自习下课后，我溜出学校去找魏吟喝酒。因为下雨的缘故，我找了条林荫小道，多骑了一段路。雨停之后，天空中泛起几条煞白的褶皱，我许久没有见过闪电，用眼神和它对赌，提前在一片乌云中迎接它的到来。城市森林的深处，我发现了一座山脉，笔直的塔吊拔地而起。我隐约望见驾驶室里似乎有个人影，不敢咬定，正琢磨的时候，一道闪电迎它而来，正中靶心。轰鸣声旋即响起，我从自行车上摔了下来。那一刻我想起了两样东西,第一样是米开朗基罗的画,从天而降的上帝轻点亚当的手指。第二件是数学老师的提到的某个定义,相交指的是两个图形有公共的部分。我拍拍屁股上的泥水,站到街道上,用力回想着塔吊与刚刚那道闪电的公共部分,意识到一件更为重要的事。吴子棋的父亲,为了监视吴子棋好好学习不逃课,特地找了个学校附近的工地开塔吊。想到这里,地动山摇,塔吊先摆出一副摇摇欲坠的姿态,随后开始倒塌。我又想起小学的时候,作业写到一半,我就开始玩笔,喜欢把铅笔立在课桌上,这事没成功几次,常常是立了两秒后,铅笔开始倾倒,随机向一个方向划出九十度角,笔芯断在里面。那天晚上,塔吊坠落的瞬间,我感觉到也有什么东西断在里面了。

我骑上车,用力蹬踏板,雷鸣声还在我脑门上敲,坚硬的雨打在额头上。塔吊离我越来越近,我的脚几次脱离踏板。工地上逐渐聚集了人群,塔吊垮在地上,像龙的骨头,一些工人正在堆满钢刺般的废墟中挖掘着什么。这么多年过去,只要一提到死亡,脑海里一瞥而过的仍是当晚的场景,每一秒的回忆都是冒险。他们从驾驶室里搬出一个满身是血的男人，像一列火车闯进我的视网膜，撞击我的胸口。他跟别人不一样，他变成了一件物体，并且无法再被更改。

我下意识地想跑，但世界之大，突然无处可去。等我回过神来，已经到女生宿舍楼下。我抬起头，天空放晴，月亮出来了，漂亮得好像什么事也没发生。老天爷做了恶，也像人一样把它掩埋。我手伸进口袋，掏出那颗硌着大腿的高尔夫球，又从书包里拿出弹弓，把高尔夫球放到皮筋上，目光移到窗口的路灯上，闭上一只眼，把弓拉满。

我的手掌从未让我失望，灯泡破碎后，林婉音从窗口中望了我一眼。一分钟后，她来到宿舍一楼的走廊尽头，我们之间隔着一扇窗。她说，你脸色怎么这么难看？我说，你让我缓缓，有两件事我要对你讲，人是会死的，这是第一件。她说，第二件呢？我说，眼睛先看到闪电，耳朵才会听见雷声。她说，这两件事我都知道。我说，这是同一件事，你能不能先出来？她说，窗台有点高，下不来。我说，你相信我不？她说，这会儿不是很相信。我说，用胳膊把身子撑起来，我能接住你。林婉音挺起身，她的影子覆盖到我的身上，我双手伸进她的腋下，用力托住她的身体。落地的一瞬间，我俩紧紧贴住，她身上的香味如此特别，像一阵海风远道而来。我说，我们能不能一直这样？她依在我的怀里，问，哪样？我说，寸步不离。她说，江树，你今天不对劲，什么话都说得出来。我说，我看见一个人死了，从塔吊上掉下来，我不确定是不是吴子棋他爹。林婉音推我一把，瞪大眼睛望着我，说，你别胡说，什么时候的事？我说，就刚刚打雷那会儿，江平路那块工地。她拉起我的胳膊，说，你带我去看看吧，就现在。我说，不去了，我带你去另外一个地方。

我摆正自行车，把林婉音扶上后座。那是我一生中最为清澈的夜晚，死亡和爱欲，默不作响的月光，一切要紧事情都在那晚降临。街道沉睡，万物寂静，灯光拉长了树的影子，地面上有多少积水，就映照出多少的光亮。就在那样美好的布景中，我们踩着同样的轮子，迎着同一阵风，往一条幽暗的小径驶去。林婉音的手扶住我的腰部，在我耳边轻声说，你知道灯光中月光的含量有多少吗？我摇摇头，说，从来没想过这样的问题。林婉音说，这是我的结论，还没来得及证明，先跟你说了，灯光是粒子，月光是波。我说，要是多上几节物理课，我也许能听懂你的话。她说，你上再多也听不懂。我说，那你跟我讲讲。我问完以后，林婉音停了一会儿没有说话，我干笑一声，以为她回答不上来。就在这时，她的手臂从我背后绕过来，双手扣在我胸腹之间那块陷进去的地方。她说，我抱住了你，这是粒子；有一句话没说出口，但已经到你心里，这是波。一阵电流穿透我的身体，我用心感受了一下自行车的平衡，慢慢把双手从握把上移开，双手交合，挽住她的手臂，说，这回我明白了。

我带她来到了一片被遗弃的工厂，原来是一家生产汽车零件的公司，公司迁址后，工厂拆了一半，一面墙被整个敲下来，像千层蛋糕被切去一块，成了堆放废铁的地方。这里是我的游乐园，生锈的铁片正在缀满每一寸土地。有一些我叫不上名字的钢材，像小时候火车积木中的玩具，一节接着一节，只要掌握一点技巧，就可以把它们嵌到一起。我拉起林婉音的手，带她上了二楼，找到那间裸露在外的房间，脚底下是一条用水泥块和钢材搭成的滑梯，一直通到工厂的门口。这是我的杰作，从小到大，带给我慰藉的事不多，只有一件事格外令我着迷，看着一样东西在我手中慢慢成型。拼拼图，搭积木，或者把纸上的线条堆到一起，有序地让它们构成一幅图画，背后的原理没有差别。十六岁那年，我没有完成任何一件作品，除了这条滑梯。但它也终将毁灭，或者变成某个符号，留在那个夜晚。

我们在那里站了一会儿，风从不同的方向吹来，把我们身上的味道揉在一起。我的左手登上她的肩膀，她穿着黑色T恤，衣服很薄，途经后背时，那两块肩胛骨像山脉一样嶙峋起伏，她的身体比看上去还要纤瘦一点。我的左手抵达她的左肩，把她折叠进我的怀里，我的面颊贴着她的脖子，她的头发盖在我的手臂上。2007年，那个夏天即将到来的晚上，我们就这样紧紧卡在一起。那时我们如此年轻，还没把生活绕出个天罗地网，脑袋里可以安下一些短促的句子，是十五岁的林婉音的声音，而非某种苍老的口吻，像耳环一样生动地挂在我的耳边。灯光是粒子，月光是波。这两句话如同书签，插在我人生的厚书上，只要翻开，就能回到那一晚。

我定了定神，转身面对黑夜，说，刚刚下过雨，滑梯上可能有点脏。她说，这是你搭的？我点了点头，说，我们就到这吧。她朝我身边站了站，手指触碰到我的手背，说，什么意思？我说，我们就到这吧。她说，是要回学校了吗？我说，我不会再回学校了，但你还要回去，好好念书。她说，江树，别再说这种话。我说，我有一支牙膏，早就瘪了，但只要我想挤一挤，就可以一直用下去，我认为生活也是这样。林婉音看向我，眼睛里藏着几句未说出的话，她问，这回我劝不了你了，对吗？我说，等到时候了，我们还能走到一块吗？她说，你把我一个人丢在这，又讲这种话，我不知道信哪个。我抱了抱她，说，这不是滑梯，这是我搭的时空隧道，你坐上去，一下就能到六年后，我算过了，那时你正好大学毕业，我会来找你。她被我气笑了，说，那可说不准，万一我还想读个研，考个博。我说，那就调到十年后。她说，得了吧，十年后你才不会记得我。我说，怎么不会？灯光是粒子，月光是波，我记住了。她说，好了，我听明白了，我没法决定你的去留，我不知道外面的生活是怎么样的，你要好好走，而且要往前面走，不要瞎混，不然我不会来找你。我说，我们年纪还小，没有什么是割舍不下的，你相信我吗？她说，我相信你。我说，那你从这里滑下去，等到了下面，我们像大人一样过日子。

林婉音蹲下身，把腿放到石板上，双手叠在胸前。我还想对她说几句话，但面对她温柔的面孔时，我失语了。她躺在那里，目光如水，盛着数不完的意象。我俯下身，心想，凡事都有第一次，就是笨拙一点，也没什么要紧。我闭上眼睛，试图抓住一个女孩的呼吸。那一段距离很长，像一把火，从森林的这一头烧到那一头，一切多余的念头都在火光中化为乌有，最后像两朵云触碰到一起，青烟袅袅，升腾扶摇。我抬起头，双手握住她的肩膀，说，坐稳了。我摊开手掌，看见她的眼角在流泪，轻轻一推，迷离的月色中，我目视她离开我的世界，一艘白色的船，沿海浪而下，消失在黑暗深处。

后来的日子与苦闷常伴，我从梦中惊醒的时刻越来越多。我不仅爱上了那晚的月亮，也被危险的雷声笼罩。如我所料，吴伟廉就是那天困在塔吊中的男人，失去父亲后，吴子棋有所变化，但很难说清楚变得更好还是更坏。偶尔路过九中，上课铃声依旧刺耳，碰上老师，我可以装作不认识。不过要掰着手指头，才能算出林婉音现在念几年级。我上过工地，做过生意，也混过职场，要是找到一份不用动脑筋的工作，我就装聋作哑。时代在变化，最有头脑的那撮人把世界变成了如今这个样子。我不再往邮筒里塞信，也很久没有拿起纸笔，键盘膜倒是戳坏了几张。再过不久，我把烟塞进嘴里，它就能自动点上。但我不甘于只做一粒灰尘，于是开始写东西，写一些有头有尾的故事，也在某个夜晚顿悟了创作的秘密，二维的闭环是圆，三维的闭环是球，四维的闭环人类感知不到，但是在小说中可以实现。我完成一些作品，起初发表于报纸上，后来去了更敞亮的舞台。我有了底气，有了底气之后就想起林婉音。

我们过于夸大了那晚的意义，两个人只要断了联系，见不到人，也就什么都不见了。记忆被新的遭遇覆盖，像一本书压到了最下面，沾上些灰尘，斑驳些字眼，要抽出来并非易事。那一天离我们越来越遥远，遥远到我们终于隔着时空形成了默契。我开始找别的女孩，坠入一些爱河，也曾一度摸到婚姻的门，它冰冷而坚硬，并无玫瑰的花枝盘踞于此。女孩比我小两岁，在税务局工作，用我妈的话说，不可能找到比这更好的。谈订婚时，我清醒过来。如果不是因为结婚这件事，我们根本不会走到一起。两个人就要像这样，为了搭伙把日子过好，在婚礼上对着彼此郑重点头，爱情也成为一件毫无人格的事情。我没法往前再迈一步，终于折了回去。

一些明亮的晚上，月光总是把旧事重新提起。我曾骑着车来到林婉音家所在的小巷，在胡同里瞎晃悠，但她好像搬了家，房子里走出来的是一对老头老太。我的抽屉里留着一张纸条，上面是林婉音的号码。两年前，几经周折，从老同学那要到了这一串数字。我鼓起勇气，拨了过去，人工女声告诉我，电话已经停机。我竟悄悄松了口气，不知从何开口的恐惧恍然间有了着落。十多年过去，这成了我和她仅存的联系。我隔三差五在手机上敲下这十一个数字，变成了某种要不得的寄托，反复抄写，把思念发泄于此。这是可笑的自娱，就像往湖里扔石头，无关石子沉到了哪里，只顾端详湖面上泛起的涟漪。直到有一天，石头从水面上浮了起来。第一次拨通电话的那个下午，我茫然错愕，紧张到说不出话来。后来我才知道，那几年林婉音在外留学，手机办了停机，一直到她回国才启用。我开始往回想，在那一长串的缄默里，她会不会有那么一瞬，也殷切盼望电话这头是某个遥远的故人。

林婉音告诉我，她在上海工作，一直想回来看看，到了今天，终于有了买票的理由。于是我们约好在九中门口碰面，学校离我工作的报社不远。那天下午，我来到校门口，望着教学楼上刻着的校训，"把握今天，创造明天"，我一度想把当年没念完的书念完。我念的会比当年好，作文我能拿满分，英文单词也难不倒我，碰上学不进的课，就把录音笔搁在桌上。如今往回看，事事可以后悔，但事事也可以若无其事。我的那颗高尔夫球，如果还在口袋里，依然能够射落一盏明灯。就在我不怀好意地对着高空比划时，林婉音来了。她穿着白色衬衫，长发触肩，比当初成熟许多，披一件蓝色针织开衫，配上垂坠的灰色阔腿裤，知性优雅，我快要认不出她来了。这么多年，我用力记住的只是她十五岁的容貌，忘记了时间不止在我的身上流逝，也会在这个女孩身上行过。我们见面第一句话是，好久不见。有多久了？自 2007 年那个晚上过后，再没见过。

就在我们从学校走到闹市的这段路上，她讲起了我缺席后的生活。她说，高考我没考好，也没有勇气重新读，只好多吃一点苦，日后扳回一局。我说，你现在了不起了，美国两年，英国三年，你是我认识的读书最多的人。她说，2017 年的一天，我想起你的话，往十年前发语音，什么也说不了，我到了地球的另一面，寄信也要加长途费。我说，你还记得那晚的聊天吗？她说，记得，你骗了我，那条时空隧道太长了，我不该来见你的，我刚下车，你人就没影了。我说，我没混好，羞于见你，路走宽了一点，才有勇气。她说，你们男人就这么爱较劲？这事赖你，我忘了你是因为你先忘了我。我说，我什么也没忘，我就是想到你这时候在干些什么，才会去思考我能干点什么。她说，我有什么变化吗？我说，你比以前会聊天。她说，还有呢？我说，你比以前更漂亮。她说，后悔那晚的决定吗？我说，后悔也没用，我只能这么干，后来不知道你去哪了，有点着急。她说，我比你明白得晚，现在往回看，觉得你早熟，什么事都能割舍。我说,就是念书念不下去了,别无他法,耽误谁也不能耽误你。

我们沿着街道走,一句话接一句,几乎没有喘息的机会。天边的云如裙摆晃动,路边的树隔开了彼此的影子。放学铃声响起,学生们走出校园,卖小吃的车出摊了。街道喧嚣,一切仿若十四年前的某个傍晚,三三两两的人群,青春明亮的身影。男生们穿着球鞋,打开一瓶汽水,喉结在脖颈跳动。女孩们年轻爱笑,留着漂亮的刘海,衣服穿得干净整洁。我们被他们包围,成为他们的一部分,像老师管不到的早恋学生,从容而又过瘾。我的身体变得温热起来,它有了自己的想法,趁灵魂不注意,就会将她紧紧抱住。

我们从下午走到晚上,逛了学校后面的公园。她热烈地讲着她的学习和工作,在国外熬过的那些苦难日子。但我逐渐变得如履薄冰,生怕她突然聊起一段恋情,一个陌生男人从她口中娓娓道来。十四年里,她不可能啥也没干,就是宣布自己已经结婚,也没什么好意外的。冰块破裂,我便落入冰窟当中。我小心试探,有意提起以前的同学,告诉她魏吟、梁达鑫、吴子棋都有了家庭，魏吟的女儿已经在上幼儿园。但她无心了解这些，仍在描述她在英格兰滑雪时遭遇的惊险时刻，她从雪道上腾空而起，单板从脚下脱离，她掉入密林的深沟当中，后脑勺重重挨了一下，好在手机没有摔坏，联系上了同伴。在等待救援的时间里，她觉得生命到此为止了，脑袋嗡嗡作响，以为是血在毫无节制地流下来。人一旦对自己下达了死亡的暗示，往事就全都清晰了起来。就像电影结束后的字幕，谁干了什么，一目了然。我的名字也从她的脑海掠过，她说，你那么遥远，全无音讯，想起你就令我难过，但我心里又想，要是能活着出来，一定要见一见你。

公园的围栏只比人工湖高一点点，我们停在木板道上，仿佛也站上了水面，湖水把仅有的一点灯光翻来覆去地折叠，波光涟漪，两个人不知道说什么的时候，就假装夸赞月色。我说，你现在见到我了，我们可以接上那个夜晚吗？她说，怎么接？我转过身，面向她，拦腰将她抱住，她的手臂抵到我的胸口，但并没有发力，她的呼吸变得缓慢，气息有了重量。我凑过去，她的瞳孔中散射出无数考验我心跳的光芒，我像十四年前那样吻她，却比那时更为紧张。我说，以前看《神雕侠侣》，两个人分开十六年，还能绕回去，那是神话，现在想想，也就比我们多两年。她说，觉得分量没那么重，对吗？我说，离开学校后，日子过得快了不少，刷完牙就中午了，午睡过后就到了晚上，我对着电脑屏幕，一天也写不了几行字，我现在面对你，可以装作这十四年什么事也没发生。她说，你比别人有本事，我没看错，和你只当了一年同学，你能把日子镀上金边，比别人给我的，都要好看。

我们的人影像两段绸带，在水波中悠悠地荡漾，映照在上面的影子，好像灵魂本体的投射，它时不时窜出身子，想找个地方歇会儿，也爱寻花觅柳。在我们不说话的时间里，它们热切地交流，把彼此融合进自己的空间当中。爱情的本质是重叠，肉体和灵魂，都要留一个交点。从公园去往她酒店的路上，我牵起她的手，她如此实在，终于不再是一个梦，也非想象中的虚幻设计。但上天总不会让人如此轻易地得逞，当我反复地确认这一点时，她好像就快从我的身边溜走。那天晚上，我们睡到了一张床上，林婉音打开手机，一张张地给我看她以前的照片,这张穿着学士服,那张穿着格子裙。这张是在纽约时代广场拍的,那张摄于伦敦的乡村田野。这些影像从我眼前划过时,我昂首阔步地重走了一遍她走过的路,直到看见一个男人出现在她的身边,我的鞋里进了沙子。

她没有掩饰,语调自然地向我解释,那是她交往三年的男友,在国外的那段时间,就是他陪伴着她。回国后,两人异地,矛盾积少成多,上个月分了手。讲完后,她把照片点击删除,云淡风轻,屏幕跳到下一张照片,她又讲起新的故事。我只好装作无事发生一样,至少在那天夜里,不能让这件事打扰到我们。我关上灯,被子盖在我们身上,只露出两个脑袋,额头紧贴到一起,她轻柔的呼吸全在我的脸上。我的手不老实了起来,从脖颈处往下游走,她给我让开一条道,任由我的掌心经过柔软起伏的地带,光滑紧致的地带,再往下不知道是哪里。她双目紧闭,呼吸有了声音,我们都明白下一步该做什么,但是在那之前,我想先吻一吻她的睫毛。

第二天早上,我抽完一根烟,林婉音告诉我,她想一个人逛逛以前住的地方，晚些时候再联系我。我隐约有不好的预感，没有多问。离开酒店后，我回了趟家，翻出当年的旅行箱，密码仍是她的生日，326。里面的东西一样没少，比当年多了些稿件，纸张泛黄而余温犹存。我侥幸地想，如果不是因为写作，很多事情我早已遗忘。我拿着它们回到书桌上，摊开一张崭新的信纸，写作是我的武器，只有面对这些线条，我才能把话讲清楚。我字字斟酌，写了一下午，林婉音打来电话的时候，我已在书桌上睡去多时。她给了我一个地址，静河公园，这地方我没去过，离家有些远，赶到的时候已经深夜。我刚下车，就明白了她的用意。小山坡上，长长的圆形滑梯盘踞而下，是这里最耀眼的设施，林婉音已经在高处等我。我沿台阶而上，来到她的身边。公园里已经没什么人，远处的河塘上有几个男人正在夜钓。

　　林婉音说，你昨天讲，能不能接上那个夜晚，我想了想，办法是有的。我说，这个滑梯比我搭的那个好。她说，我来见你之前，把照片删了个干净，没想到还遗漏了一张，可能这就是命数。我说，不要紧，下次多检查几遍。她说，我跟你说实话，如果不是那次吵架，我跟他已经订婚。我说,你想回去了,是吗?她说,江树,我可以把车票退了,一辈子留在这里,只要我愿意,我也能骗过自己,但我有需要摆平的事情。我说,有始有终是好事,不要学我当年,没头没尾。她说,爱情是最难明白的事情,人在意识到自己的自私之前,就已经心术不正,接着就会一错再错。我说,我就在这里等你,十四年都等过去了,不差这一会儿。她说,上次搭了你的时空隧道,这次你搭我的,从这里滑下去,我们就能回到那个夜晚,我十五岁,你十六岁,你不要走,从那天起,就只有我们两个人,好吗?我说,等我们到了那天晚上,我跟你回学校。她说,和上次一样,我先过去,你等一会儿再来,你把衣领翻翻好,我在下面等你。

林婉音俯下身,躺进洞口,身体在黑夜中格外明亮,我凑上去,吻她的脸,把写好的信悄悄塞进她的口袋。我们很默契,没有讲道别的话,她朝我点点头,像当年一样,流下眼泪。她架起胳膊,身子轻轻往后用力。我还没来得及多看两眼,她已经消失在这条窄小的隧道尽头。

林婉音离开后,我在原地站了一会儿,突然感到裤子口袋里有什么东西正硌着我,掏出一看,是颗高尔夫球,上面刻着三个字母。我愣了几秒,大脑飞速运转,想明白一些事情后,我将它举过头顶,对准月亮,它们重合到一起,大小刚刚好。我举起左手,伸出食指和中指,它们组成了一把弹弓,弹弓在前,子弹在后。一阵风向我袭来,我闭上一只眼,将月亮放到弹弓中间。我的手掌从未让我失望,只需松开右手,就能射落天上的月亮。等到那时,在一片别有圆影的旷野中,林婉音会迎着星光,向我走来。

比天之愿

一个雨雾凝重的午后，程欲仙回到东隅村，身后跟着四辆大马车。此时张迢刚对着大河拿起鱼竿，被鸣笛喧嚣吸引至村口。程欲仙向村里人展示了探险队在山谷中挖掘出的古董、蜿蜒的宝剑、别致的钟摆、逼真的雕塑……张迢穿过熙攘的人群，在展会上注意到了另一件稀奇事物，那是一个锈迹斑斑的秋千架，放置在了后面的仓库里，没有参与展出。

这次考古活动是由村长程欲仙发起的，世道轮回，他相信回溯历史能够找寻到有关村子未来的出路。东隅村已经封闭数百年之久，凭借自身的生命力繁衍至今，偶尔能与外界取得短暂的联系，接触到新鲜的科技和思想,但终究无法打破空间上的壁垒。由于屡遭命运捉弄,村里人更相信这是受到了某种诅咒。

程欲仙刚上任村长时,偶然在档案室里翻到以前的记事簿,标注最早的年份是1924年,簿子中写道,1924年8月19日,村子里来了一位穿黄色袍子的神秘男人,男人手中持有一个玻璃球体,通电后发出难以直视的光芒,黄袍男人称之为"灯泡"。从此以后,村子过上了光明的日子。1925年1月6日,黄袍男人第二次来村子,带来了几本印有图案的书册,讲起了东隅村外的世界,村里人听完后激动不已。男人说,外头已经发明了一种冒着浓烟的交通工具,名为"火车",它能沿着铁轨去到任何地方,如果能够连到村子里,就可以与文明世界畅通无阻。

程欲仙来了兴致,一页页翻下去,最初的部分皆围绕黄袍男人展开,从描述来看,他仿佛来自一个文明程度更高的世界,又像一位精通卦术的巫师,总是来去无踪,神秘难测。1928年12月24日,黄袍男人最后一次来到村子,这次他什么也没有带,而是当众发表了一番演说,他以全知者的口吻叙述着村子的历史,声称这片土地最早是个岛屿,从另一个世界漂流至此,两百年前与这片大陆连结,但无法产生归属之意,因此东隅村注定难逃与世隔绝的命运。程欲仙继续往后翻,发现村子的历史不过是把黄袍人的话反复验证。他不甘心向这样的结果屈服,于是带人考究村子的历史。不出所料,出土的文物皆带有异域色彩,无论是保存完好的宝剑还是器皿的残片,都让他更加确信,他们正与一群完全不同的人种分享着同一空间。

村长带领考古队伍返乡时,村民们已经在村子中央搭建好玻璃展柜,并在周围布置一圈灯光。工人从马车上将文物一件件卸下,小心翼翼地放置到展柜当中。只有那座秋千架没有参与展出,被丢弃在仓库,因为它看上去毫无价值,也完全谈不上美观,而且随时有散架的可能。

只有张迢对这样一件稀奇事物产生兴趣。第一眼看到秋千架时,他想到了自己的父亲,父亲原本是个工匠,因擅长雕刻而渐渐成为一名出色的雕塑师。他能用木头雕刻出各式各样的玩具,陀螺、弹弓和小动物。张迢的母亲同样富有创造力,她是村子中最擅长刺绣的女红，手指纤细，能用针线创造出不可思议的奇迹，是她为村子所有的马鞍绣上了斑斓的花纹。张迢七岁生日那天，父母送了他一台他们亲手制作的秋千架，材料用的是给村长盖楼时剩下的上等杉木，摇椅靠背上刻着一对翅膀，令他如天使般遨游于空中，那是他童年时期的王座。每次飘摇至半空时张迢都有一种升天之感，好像一松手就能飞过这片被山与荒原封锁的土地。

他还记得七八岁的时候，父母带他去山间野炊，他们用石头、柴火和一块网状的铁板搭起篝火架，在篝火架旁晾起一副帘子。父亲在河边教他钓鱼，用发臭的奶酪做鱼饵，将鱼竿拉到背后，手腕发力，用力将鱼线甩到河中，接下来就是漫长的等待。父亲告诉他，鱼钩轻颤时不要急着收杆，等到猛地一拽时才是最好时机。张迢牢记于心，但他一条鱼也没能钓到，只是不停地在河边挥杆和收线。父亲把钓到的鲈鱼放进他的桶里，张迢提着它返回营地，母亲用削尖的木棍穿过鱼身，将它们放在铁架上烤，烟雾从密林间升起，混入傍晚的余晖当中。晚霞中开出一辆冒着紫红色浓烟的火车，那是张迢七八岁时的天空，他的梦境中只有稻草人和田野，父亲喜欢钓鱼，母亲爱穿裙子，他们一遍又一遍地为他推起秋千架，风像挠痒一般紧贴着他的耳朵掠过。

然而就在五年前，父母离开了村子，这是他从祖父那讨来的说法。祖父张河图是东隅村最有智慧的人，这几年为了和外界接轨绞尽脑汁。村子的东边是连绵的山峦，远处看过去像恐龙的背脊，顶部积雪覆盖仿佛云上落下的灰尘。西边的山坡上有几片田和一些小木房子。在与世不通的环境下，先祖依靠打猎和种田养活自身，到了现在这一代，已经有农场和种植园，但是依旧有猎人会在冬春之际跑到雪山脚下猎杀黑熊。五年前，一位村民在打猎时于山谷间找寻到一个山洞，走到尽头发现有个出口，洞口外芳草茵茵，植物都是他们从未见过的品种。张河图断定这个洞口通向外界，这是个千载难逢的机会，他准备前去一探究竟。由于祖父年事已高，加上山路凶险，张迢的父母便自告奋勇替他前往，与他们一同前去的还有三五个年轻男女，他们换上登山服，备好干粮，做好了长途跋涉的准备。因为依照张河图的推断，从洞口出去后还要走上几百里的荒路才有可能到达外面的城镇。

一个月后,张迢的父亲派信使送来了一个包裹,里面一封长信详细描述了世外的景象,道路如蛛网般交错,楼房似骨牌般密布,就连东隅村视若珍宝的皮影戏,也被某种玻璃做的屏幕所替代。包裹中还附有一个叫做"手机"的机器,上面有一个黑白小显示屏,里面显示着日期,2005年11月6日,下边是密密麻麻的按钮,按下去时会发出轻轻的一声"啪嗒",但即便是张河图也无法弄清楚它该如何使用,他能在里面找出"电话"和"联系人"的页面,却始终没法发出一条信息。反而是闹钟和录音功能着实惊艳了他,从此他更加坚定地想要构建起一条通往外界的道路。然而就在信使送达包裹的当天,一场暴雨引发了山体滑坡,恰好堵住了山洞。村里人悲切万分,时过境迁,那长达百年的诅咒仍然没有衰减的迹象。

父母离开村子已经过去了五年,这段时间里,祖父对张迢严加看管。屋檐下的日子给他带来太多焦虑,张河图无心的喃喃自语全部进了他的耳朵,张迢明白学习不过是一件徒劳的事情,世界早已步入现代文明,而他们还在为蛮荒时代那些无用知识枉费精力。他的学业十分糟糕，有时他真想劝祖父管管自己，但是张河图比他更为悲观，认为上过学的人既然连一台耕作机都做不出来，不如早点解散课堂赶去种田。

张河图沉醉于自己的事业，无心关注张迢的成长。张迢在得知父母无法回来的当晚陡然进入了青春期，变得孤僻叛逆，总是在后山上那条弥漫着尘土与青草气息的小径上徘徊，那是当年他和父母野炊游玩的地方，他曾在那儿钓鱼，趴在岩石的缝隙中观赏虫子。那架给他带来无数欢乐时光的秋千架也随着父母的离去不见踪迹，从现实和记忆中一同消失。直到在展览会上再度看到秋千架时，他才想起这件童年玩具。

他在展览会上凝视许久，越来越觉得那架秋千像极了自己丢失的那一架，或许掉入了某个洼地或者沼泽，才被挖掘出来当做文物。这一偶然的重逢一度治愈了他苦闷的心绪，无论何时，只要追忆起和秋千架有关的日子，都会觉得那是一段无比美好的时光。

张迢回过神来，发现祖父已经揪住他的衣领，骂道，时间到了，回家。张迢不耐烦地拍掉祖父的手，说，我再看会儿。张河图又厉声道，没什么好看的，回家。张迢情绪败坏，闷着头迅速地贴着祖父穿了过去。

张河图没有领他回家，而是带着他去见识了东隅村建起的第一个红绿灯，它立在村西边遥远的一条泥路上，没有人知道这里为什么会出现一条路。依照张河图的看法，有路就会有车，装上红灯，人家就知道这附近有村镇。张迢说，浪费，根本没有必要建，等上几十年也不会开过一辆车。

为了和外界取得联系，村子投入了大量财力物力，时光流逝，村民们已对这项拓荒工程失去耐心，他们的生死、爱欲以及命运注定要和这片土地紧紧相拥，没有逃离的机会。唯独张河图热情不减，他在实验室里用泥土、木头与石块按比例还原出村庄的地形，他的想法大胆，手段奇特，甚至不可理喻地在巫术中寻找出路。他曾做法祈求暴雨，妄图借助洪水与帆船漂流到外界，他高调地向程欲仙宣称，开始造船吧，村长，你将变成我们的船长。然而当雨季降临时，带来的只有风寒与霉菌，以及泥泞的道路上一个个充满无奈与艰辛的脚印。有些带着脚趾头，有些没有，程欲仙这才意识到，许多村民还没能穿上一双鞋子。他们已经在这一工程上投入太多精力，却毫无回报，程欲仙决定不再囿于徒劳无获的拓荒计划。

张河图极力反驳，他说，你回头看看，玻璃、望远镜、化学肥料，哪个不是来自东隅村以外的地方？村子的发展全靠着外乡人，除此之外再无进步。尽管张河图百般劝说，将拓荒粉饰为一项一劳永逸的事业，但程欲仙态度强硬，最大的让步是允许他完成最后一个项目。那是一个用窗帘布做的热气球，由于村子外路途艰险，沟壑与沼泽密布，马匹已经不适合作为交通工具。而当张河图提议组建探险队时，所有人又都退却了，这令他十分失望，他意识到村民正在安于一种危险的现状，于是他做了热气球，球体直径将近三十米，底下是竹条编成的筐，可以站一个人。张河图叫来八个大汉抓住气球的绳索，确保在充气时竹筐不会离地，足足费了两个小时才把这只巨型气球充满。

他叫来张迢，问，你想见你的爸妈吗？张迢说，想。张河图说，气球原应该朝东飞，过了山脊就出去了，但那解决不了问题，我们得朝西再探探路。张迢问，气球能飞多远？祖父说，也需要上百公里，飞行距离不算长，但你的眼睛能看到更远的地方，有发现务必要记下来，你体重轻，又是我的孙子，只好委屈你。面对眼前这个庞然巨物与祖父雄心勃勃的神态，他感到生命中前所未有的孤独。最令他难过的是，这是祖父第一次主动找他帮忙，却不过是粗暴的把他当成工具。但是张迢仍然想做些事来引起祖父的注意，因此他隐藏了恐惧和失落，十分决绝地爬进热气球当中。

张迢在桔梗花香的环绕间与无数双惊恐的眼睛的注视下缓缓升空，这一体验完全超出他的想象，他与地面拉开了距离，村庄的细节在眼底展开，这座破败的灰烬之城弥漫着挥之不去的黄色尘雾，楼房像石缝间长出的菌菇，无数的灌木如毛衣起球般密布大地。他在孤独笼罩中冉冉上升，仿佛被关进一座空中监狱，气球像是一颗悬在高空的鸡蛋，在太阳照射下散发出脆弱而无助的光芒。他从没如此轻盈过，仿佛不是借助气球升起来的，而是来自天空的召唤，将他从大地上吸附起来。这是个令他感到不可思议的奇迹，但他始终不愿承认祖父过人的智慧。这个老头冷酷、机械，如果雨季漫长，他的心脏会因此生锈，呼吸中散发着血液里流淌的锈水的味道。

这一趟旅行并不好过,他感到寒冷、绝望,随时有冲动一跃了事,他呼天喊地,声嘶力竭,而那不过是在敲一扇无人应答的门。热气球飞行了两个半小时,最后降落在一片遥远的荒地上,那是村里人从未涉足过的区域。爬出热气球的一刹那,他双腿发软,情绪崩溃,像刚出娘胎的新生儿。漫天黄沙,到处生长着形态各异的仙人掌,一条条凹凸不平的路在他面前铺陈展开,他不知道如何才能回到村子里。许多年过去,他意识到自己是在那时发生了改变,他捡起树枝,烧掉气球,眼泪灼烧面颊,西风扬起尘土,他决定不再听祖父的话了。

他翻山越岭,小心地绕开沼泽与不知深浅的泥潭,在密林中采摘野果充饥,一直到第二天的夜晚来临,他才借助遥远的灯光找寻到了村子的位置,历经了一天一夜的疲惫,他在靠近村口的一把椅子上坐下。祖父迎了上来,毫无关心之意地问道,看到什么没有?冰冷的话语再次刺伤了他脆弱的心灵。他决定戏弄祖父,说,西边有条火车轨道。

张河图雷厉风行,立刻带了人朝西边探索,他们扬鞭启程，历经漫长的险途后找到了一条泥路，经过勘查泥路上还残存着一些陈旧的车辙。但是同行的村民不同意张河图的看法，说，这不是车辙，这是动物的脚印。张河图不愿相信，又朝地上看了一眼，一个个巴掌大的蹄印有规律地在泥土地上分布着。

回到家后，祖父问张迢，你是不是看错了，把路当成铁轨了？张迢信誓旦旦地说，不，那确实是一条火车轨道，从气球上看上去就像一块块瓷砖间的缝隙，我飞得太高了，但我还是能看到枕木，我知道铁轨长什么样，就是一个趴在地上的梯子。我还看到它在蠕动，车头冒起滚滚浓烟，那是火车无疑了，你走得还不够远。张河图说，不可能，那里就是一片荒地，没有铁轨的影子。张迢说，你走得还不够远，我当时落在更远的地方。张河图耐着性子听完了他的描述，第二天，他又出发了，这次他带上了望远镜，找村长借了一匹马。他不再鲁莽地扎进西部荒原，而是往山丘上探索，从高处俯瞰地形，判断出适合建造火车铁轨的合理地带。两天过去后，他回到家里，脸上带着笑容，兴奋地跑进实验室里绘制新地图。张迢忍不住多问了一句，祖父说，我找到它了。张迢问，找到什么了？祖父说，铁轨，还能是什么？

张迢惊诧不已，胡诌的谎话竟然指向了真理，但他很快怀疑这是祖父的试探。直到张河图将此事上报给村长，并三番五次地带领人马去实地侦查，这才打消了他的疑虑。他开始相信自己拥有预言能力，确信那将比祖父的智慧更加强大。

热气球事件过去后，张迢失去了仅有的归属感，两个孤独的灵魂代替了曾经热闹的家庭，无论他如何努力，也始终无法得到祖父的关注，最终走向了更为极端的抗争当中。在他看来，祖父是个自以为是、刚愎自用的家伙，尽管经常做出声势浩大的举动，但实际上只是些无法令人信服的噱头。他对祖父的怨恨越深，就愈加想念他那离去的父母，如果父亲还在，他的生活会是什么样？五年里，他长高了个子，长出了喉结，声音也变得浑厚起来，却没有人教他刮胡子。他穿上父亲的衣服，在镜子前认真比划，平生第一次，他终于拉近了和父亲的距离，衣服刚好合身，袖口对齐手腕，最后一颗纽扣贴在腰间。他花了几分钟想明白了这些事，他长大了,他应该变得成熟,成熟就是将情绪藏在没人能找到的地方,是钓鱼的时候身边放的那一壶酒。他不能再沉浸于往昔岁月,应将成片连接的记忆化为粉末,溶于血液却又不露痕迹。

过了一个月,有一辆西瓜车来到村里,呜咧呜咧地开到集市上,停下的时候一个瓜从后厢摔下,"砰"的一声在地上炸裂开来。村里人全部聚集过来,争先恐后地抚摸着这辆庞大的交通工具,指着车厢后的水果问道,这是什么?果农是个皮肤黝黑,干瘦弓背的老人,披件袒胸的蓝色涤卡衫,一双长筒水田鞋淹没膝盖。他说,这是西瓜。村民们从未见过黄色果肉的西瓜,新奇地聚集过来。果农当众劈开一个,果肉鲜艳欲滴,吃起来脆口香甜,于是一整个卡车厢的水果顷刻间销售一空。

与果农同来的还有一个小女孩,那是他的孙女,她只有十一岁,尚未走出纯真烂漫的童年,手里怀抱着一个巨大的毛绒熊玩具。作为村里第一个外来者,果农受到了程欲仙的热情款待,程欲仙送了他一套干净的衣服,安排他在村中的客房留宿,并且欢迎他时常来这里兜售水果。当被村长问起从何而来时，果农声称自己翻过了整座雪山，跨过了丛林与荒原，才找到东隅村建造的那条大路。这一说辞令程欲仙产生怀疑，他们曾经试图跨过雪山寻找世界对面的边陲小镇，就连马匹也难以忍受那恶劣的天气，况且前些年发生过一次雪崩，山路狭窄颠簸，更别提开着一辆大卡车穿梭在那厚如棉被的雪地上。出于礼仪，程欲仙没有多问，交托张河图查明此事。

张河图对果农从哪来一事毫无兴趣，他在自己建造的工作室里研究黄色的西瓜，想把这令人兴奋的水果种到村子的土地上。尽管诸多迹象表明，村里的种植环境难以驯服这种水果，但是他仍然不愿放弃。他的脑海中已经有了一点灵感，只要发明一种特殊的薄膜，搭建起一个透明的大棚，让太阳光所提供的热量贮藏在这一空间内，就能制造出人工温室，任何水果都可以在温室中培养出来。

当天晚上，张迢趁祖父睡着偷偷跑出家。今夜与以往不一样，整个村子都陷入深邃的安宁当中，屋檐沉寂，灯火暗淡，雨水清洗过的泥土散发出格外新鲜的味道。他在胡同中闲逛了一阵后来到古董展览会,此时这里早已闭馆,只能模糊地透过玻璃隔板看到它们的影子。他绕过展厅来到仓库,发现仓库的铁门已经被打开,里面传来金属链条碰撞发出的声音。他透过门缝窥探里面的动静,看到的是白天来村里卖瓜的那个果农,他正坐在腐烂的秋千架上缓慢地摇晃。

这样的场景并不多见,只有一个藏着心事的老人,才会在无人的夜晚偷偷跑到仓库里来荡秋千,他透过月光看见了他的哀伤,老人仿佛也在为某种相思之愁苦苦挣扎。他的思绪和之前一样,总是看着秋千架便不知不觉想起了他的父母。他想起父亲曾答应他回来之后要为他雕刻一只大木马,如今他已不抱希望。随后他又不可避免地想起了其他往事,在有父母的记忆中热烈地游荡。或许他的父母早在某次登山或打猎途中遇险身亡,祖父为了掩盖真相而编造出一系列谎话,因为如果真相真如他们所说的那样,他不该在村子里看到这个外头来的老人。

张迢倚在门口盯着老人,时间一长有了些鉴赏的意味。此时月亮高升,白光如水银泻地,映照出飞扬的灰尘。张诏感觉到大地开始震颤,而老人摇摆的幅度越来越夸张。随着一股强劲的气流袭过,他看到老人脱离了秋千架,像弹弓上弹飞的石头,撞开虚掩的铁门,在张诏的注视下缓缓升空,仿佛一颗音符从琴键上轻盈地起飞。仓库上的鸟儿随着卷起的旋风飞去,但很快被甩开距离,就连久居云端的飞禽也无法适应这么高的天空。然而从椅子上起飞的老人毫无收敛之意,命中注定要化为天空的毛孔,告别这个闭塞的斑驳大陆,随风消失在那个夜晚的尽头。

张诏明白这是一场梦了,他从未做过如此形象的梦,甚至能嗅到风中夹杂的枯叶味,东隅村沉浸在一派奇迹般逼真的景象中。他爬上屋顶,对着夜空高声大喊,果然无人应答,但他仍不敢从高处跳下去,他还想多待一会儿,害怕梦境如书中描述的那般吹弹可破。

卡着砖头间的缝隙,张诏从屋顶上爬下来,落地时碰上了一个小女孩,她穿着红色长衣,在黑夜里格外打眼。张诏见到她时吓了一跳,扭头那一下在石墙上撞破了脑袋。他捂着伤口问,你从哪冒出来的?女孩说,我在找我爷爷。张诏说,黑灯瞎火,明天再找吧,你家在哪？女孩说，爷爷和我来这里卖瓜。张迢说，我先送你回去，别被人拐跑了。女孩说，不会的，爷爷亲手种的西瓜，他们吃了以后睡上一整天才会醒来。张迢的脑袋已经晕晕乎乎，撞击的那一下让他意识到这并非梦境，他想起晚上出门的时候，祖父反常地在实验室里蒙头大睡。他问，你们来这里干什么？女孩说，爷爷说你们村子里挖出一台秋千架，坐上去之后可以腾空飞翔。张迢说，难怪，刚刚我看到一个老人飞走了。

张迢带她回家的时候，张河图还没醒来，房间里弥漫着西瓜的余味。墙上的时针已经指向凌晨，桌上摊开的书本字迹可辨，屋子安静而美丽。张迢从箱子里抓出一把玻璃弹珠扔在床上，说，数数。一，二，三，四，五，六，七……一共二十八颗。女孩说。张迢说，你再数数。女孩又数了一遍，说，三十一颗。此时晨风推开窗棂，月光照射起灰尘，张迢把弹珠收起来，说，天快亮了，你该走了。

女孩以不为人知的方式离开了村庄。清晨到来，阳光明媚，一个崭新而荒诞的念头已经根植于他的脑海。对于秋千架的狂热之情让他无暇顾及昨晚发生的一切究竟是梦境还是现实,他在想象中坐上秋千架,反问自己,为什么不试一试呢?试一试就知道了。这种疑惑渐渐变为某种信念,正如父亲小时候给他讲的童话一样,那么多神奇的故事,总该有一个是真的。秋千架就是通天塔,坐上以后摇晃数圈,随后便能飘摇并消失于上帝之城,仿佛天空这张巨口中一颗反复咀嚼后逐渐融化的糖果,飞行一段距离后,可以在地球上另一个地方安稳落地,开始新的生活。

一夜过去,张河图在实验室里醒来时,同样做了一个非比寻常的梦,未等太阳升起就跑到程欲仙家中,分享了他的惊人设想。张河图声称只需雇佣一批工人,建一条火车轨道,与村子西边那条轨道接通,再将旧铁轨拆除,火车就会沿着轨道驶到村子里来,这样他们就拥有了与外界连接的道路。尽管程欲仙睡眼蒙眬,但他仍理智地否决了张河图的提议,认为这是一项劳民伤财的工程。张河图暴跳如雷,骂道,你错过了有史以来最好的主意。

张河图是意志坚定的人,之后的日子里,他不断地跑到铁轨边考察,精心计算出了需要的木材以及钢铁吨数，甚至连螺丝帽和铺路石子的数量都已摸清，以便在村长回心转意时，立刻能给出详尽方案，然而这一天迟迟没有到来。张迢在一个阴雨连绵的午后走进祖父的实验室里，祖父如往日一样，在他制作的地图模型上规划新的路线，那是一个用沙子、泥土与石头制作成的巨大盆景，房子的模型是用牙签做成的，山上的积雪用橡皮碎屑和粉笔灰替代，每一棵树的位置都精确到分毫不差。张河图就凭着精心复制的地图模型来想象东隅村未来的样子——道路如蚊香一样环山而建，玻璃建成的高楼拔地而起，发电厂永不停息地为全村供电，绚丽的灯光在山谷中回响，数条火车隧道穿山而过，山内已被挖空，夏天的时候可以进去避暑。

张河图意识到张迢在房间里时，他已经在堆满破烂的地板上站了很久，目光交接，张河图感到一阵不适应，这是第一次有外人进入他的实验室。请出去。他命令道。张迢置若罔闻，他说，人就是越老越糊涂，想要去往村外，有个毫不费力的办法。张河图为孙子的口吻感到惊愕，这样的话语不该出自张迢口中。张河图说，如果饿了，就自己去做饭，鱼和肉都有。张迢说，是的，老头，饭菜的香味能飘进你的鼻孔，但拓荒的捷径永远不会映入你的眼帘。

张迢的反叛情绪显然起了作用，那一晚，张河图从门缝当中深情凝望他的孙子时，他陷入了从未有过的自责当中。他对张迢的成长过程一无所知，他不知道他何时脱下了童鞋，因找不到适合的鞋子只好穿上父亲剩下的旧鞋，他的下巴上长起了胡子，却只能用剪刀进行粗鲁的打理。当晚，张河图的血液当中终于流淌起人类的情绪，但是他仍然没法弥补这份缺失的亲情。他想起自己的儿子和儿媳，于是他开始写信，在那苍凉的屋子里细细地回顾自己的一生，除了能罗列出几件值得一提的发明之外，再无有意义的事情。一个悲观的想法涌上心头，他看着做好的全景地图，凝视着自己所在的那间屋子，或许他应该像个老人一样，在一个暮色四合的傍晚踏踏实实地迎接死亡。

那多年来如机器般规律转动的身躯没有因失意而停止，第二天凌晨，他又想到了新的计划，迎着晨曦带领一队人往西出发，再次奔向火车轨道。他认为这一计划是有史以来最靠谱的，但是程欲仙听说后极力制止。程欲仙在村口拦住张河图一行人，质问道，你又有新主意了？准备去拆铁轨？张河图说，我听取了你的意见，找了个省时省力的办法。程欲仙说，劫火车当土匪？这是我教你做的事？张河图说，我计算过，后果不严重，我们只拆除五十米。程欲仙说，就算能找到出路，传出去的也是坏名声。张河图说，让开吧，没有人在乎这个。

为了确保计划顺利，他们多拆了三十米，八个人，十把铁镐，花了两天时间就完成了任务，夕阳下，张河图心满意足地看着垒起的枕木堆。他们搭起营地，以兔肉和鹿肉充饥，轮流在铁轨边值勤。张河图静静地蹲在土坡上，抽起一支漫长的烟，他看着对面山背后升起的云烟慢慢地飘到脑后，看着松树的影子从右边移到左边，看着牙签一样密集丛生的枝干，在大风吹拂下抖落树叶。张河图心澄如镜，一连等了三天也没有失去耐心，但是到了第四天，他仿佛是想起什么似的，突然离开营地往回走。

繁星照耀着他的孤独，植被覆盖的泥土上已经被马蹄踏出了一条道路，曾几何时，他爱上了马蹄撞击土地发出的清脆声响，但是现在盘旋在耳边的只有清幽的哀怨。还有那么多事要做，还有那么多方案等待纠正完善，而他已经到了不得不去思索死亡的年纪。这一忧虑是从他发现张迢长大那一刻开始的，令他再也无法不慌不忙地投入到工作中去，他在晚年成为他最不想成为的人——一个多愁善感的人。他回想起许多被遗忘的画面，回想起程欲仙对他说过的话，放下你的自私吧，河图，我们已经老了，有人会看到那天到来，不必非得是我们。

张河图到村子之后没有回家，而是去找了张迢的老师。村子里只有一个学校，年轻时他也曾在那里教授过一段时间的算术和地理。他从程欲仙那儿要了地址，来到了张迢班主任的宅邸。他没有进门，站在门口的台阶上，也不知道如何寒暄，匆匆地表明自己的来意。那是一个年轻男老师，虽然对张河图充满敬意，但他仍直言不讳，他说，张迢不是个愿意分享情绪的孩子。张河图问，他成绩怎么样？老师说，实话说，他不是很喜欢学习。张河图又问，他有展露出某方面的天分吗？老师说，您指哪方面？张河图说，比如说制作模具之类的。老师说，这应该没有，如果要说的话，他可能更擅长写东西。张河图说,什么意思?老师说,他在文章里写到过您。张河图说,这没什么,他爸妈走了,我是他唯一能写的人,他是怎么写我的?老师说,他说你是一台旋转着的巨型风车,他想靠近你,而你把他吹到了天上,如你所见,他的想象力很好,能写出没有见过的东西。张河图说,我听不懂,那是好话还是坏话?老师说,这不重要,我们知道您在做意义非凡的事情。

他们聊了许久,张河图有些沮丧,因为他仍然没能找到和张迢相处的办法。他回到离开了三天的家中,走进实验室时看到张迢正坐在桌前摆弄器械,手里攥着那部他父亲寄来的叫"手机"的物件。张迢惊慌不已,张河图安慰他道,没关系,从此以后,这里的东西你都可以玩。张迢指着手机说,它响了。张河图接过一看,屏幕上显示着一串数字。张河图说,这是你爸托人从外面送来的。张迢说,我知道。张河图问,你想他们了?张迢没有说话。张河图说,你很快就能见到他们了。张迢问,还要多久?张河图停顿了一会儿,说,明天,或者后天,不远了。

当晚,那台半个手掌大的机器数次发出声响,那是一段不断重复的由奇怪乐器演奏的悠扬音乐，每次响起时屏幕都会亮起，上面显示出一串长达十一位的数字，响铃没有规律，有时间隔两分钟，有时间隔十几分钟。张河图从抽屉里的铁盒子中找出了当年收到的信件，重新阅读了一遍，确认其中没有提到关于这台机器的使用方法，他不禁破口大骂。张迢从他手中要过书信，坐到木箱子上，对着煤油灯仔细阅读了起来，那些生动的字体毫无阻拦地刺向他柔软的内心，像一片带着泛黄色彩的老旧阳光，使他沉浸于无尽的缅怀当中，还没读完就已经淌下滚滚热泪。张河图站在一旁看着情绪激动的孙子，不禁怀疑他们看的是否为同一封书信。

这一晚，张河图梦见了火车开进村庄的景象，那是一个插着三根烟囱的圆形棺木，从漆黑隧道中拖出数不完的车厢，喷涌而出的滚滚浓烟与白云接壤。第二天清晨，他从梦境中爬起，迫不及待地想骑马前往铁轨边。打开屋门，张迢正坐在门口台阶上，眼神中流露出哀怨愁绪。张河图停下脚步，若有所思地望向群山上如扫帚上抖落灰尘般洒下的点点晨光，他拿起火柴点烟，一言不发地坐到他身旁。张迢说，陪我去个地方，可以吗？

此时祖父依然在咀嚼那个意味深长的梦境，念念不忘他的火车铁轨，但是面对孙子诚挚的恳求，他还是不忍拒绝。

就这样，张沼带着祖父来到了展览会上，举办了数个月之久的展厅已经门可罗雀。张沼带着祖父穿过展柜，径直来到秋千架面前。那个老古董一如往日地被遗忘在角落，左右各三根粗壮的老木头支起横木，中间由两条生锈铁链吊起长条摇椅，那是个被切成半圆状的粗木头，悬在空中微微晃动。这一饱经风霜的条凳坚韧地在这片荒凉大地上哀嚎，在漫漫长日中对抗地心引力。张沼深舒一口气，仿佛一个达到终点的旅人，他开始打点衣物，酝酿情绪，神情严肃宛如一场加冕仪式。

他朝前走了两步，转身，入椅，双手紧握链条，脚尖撑地，仿佛将双桨插进黏稠的泥沙当中，费劲地滑动木船一般。摇椅晃动起来之后，他激动又傲慢地向张河图道别。祖父回道，我就在这，哪儿也不去。张沼闭上眼睛，正如预想的那样，他在坐上秋千架的那一刻回想起坐热气球升天的场景，回想起那场被绑架于天空之城的孤独之旅，但它们很快又被与父母团聚的画面所替代。他双脚用力向后蹬,波浪翻滚,秋千架再次摆动起来,被扯得笔直的链条发出金属摩擦的刺耳声响,在历史神话与魔法奇迹中热烈地摇摆。张迢无法按捺心中热血,身体因兴奋而抖动,手背因用力过猛而青筋暴突,耳边掠过令人断肠的微风,扬起四溢的古老尘埃。随着秋千架不断地升起降落,张迢逐渐陷入了怀疑当中,但他无法停下,唯有不断地加大摆动幅度,摇到最高处时已经与地面平行。

张河图在一旁站了许久,看着张迢在椅子上做着钟摆运动,意识到所谓的陪伴不过是虚伪之举,因为他又开始遐想火车驶上铁轨的盛景了。就在此时,张迢突然在摇椅上嚎啕大哭起来,哭声撕心裂肺,眼泪像雨水沿着光滑的砖墙顺流直下,清澈之中泛起无尽忧伤。但是他双腿交叉,头发飞扬,身体中明明游离出一股欢快之意。看到这里,张河图彻悟了,张迢还是个孩子,岁月漫长,他不需要一列火车轰轰烈烈地驶进他的人生,他的生活充满孩童般天真的诗意,一台秋千架就可以满足最朴素的愿望。

"啪"的一声,铁链断裂,张迢被甩出数米,重重地摔在地上,这一下让张迢彻底清醒过来。他的哭声中带着绝望,张河图赶紧过去帮忙。张迢瘫在地上,从背后抽出那一块半圆形的木头,上面还连着半根链条,他无比失落地看着那已损坏的器具,眼泪涔涔地落在木头上,发出沉闷的声响,他的通天塔就此沉沦倒塌,一个古老的寓言在他心中破碎。

送张迢回家之后,张河图回到展会上,偷偷拾走了损坏的秋千架,顺路往木材店挑了一些材料。当天晚上,他就在院子里修补秋千架,这一过程比拆除铁轨时更令他激动,他终于在彷徨晚年中找到了生命的意义。他要为张迢做出一台最好的秋千架,在木头上刻上贝壳花纹,摇椅装上靠背,顶上撑一个布篷,这样一来即使雨天也能正常使用。

第二天早上,他充满期待地带领张迢见识他的成果,秋千架做工巧妙俨然一件艺术精品。张迢走出屋子,见到秋千架的那一刹立刻停下脚步,无数画面涌上心头。他想起了他的父母,丢失在童年时代的秋千架仿佛重现天日,花纹精湛,大气磅礴,宛如一尊王座。他从中体会到了祖父的讨好之意,但越是如此,祖父却反而变得令他生厌,他绝不允许这一珍藏于脑海深处的记忆被外人侵蚀占据,哪怕是他的祖父。这是赝品。他说。张河图抓起摇椅的一角,用力推了一下,说,看呀,这我专门为你做的。张迢冷笑一声,说,得了吧,老头,你喜欢就自己坐上去。

张河图再次被他尖酸的语言怼得说不出话来,他用力克制愤懑情绪。做了那么多尝试,却仍然无法把握人类喜怒的逻辑,在张迢关门回屋的一刹那找回了昔日的冷酷,终此一生都不再尝试与人和解。失落的张河图登上马背,准备再度前往铁轨边等待消息。还未踏出院门就遇上了程欲仙,他刚从村外回来,身后跟着当初拆除铁轨的那队人马,他们带来了一个更令他崩溃的消息,声称经过勘测,铁轨早在多年前就被弃置,因为沿着铁轨线路一直往南,就会发现隧道尽头的路早已被大石封死,应该是早年某次山崩所致,任凭怎样使劲都无法挪动分毫,因此这座荒野之村注定要遭受世代被穷山险境困住的凄凉命运。程欲仙无奈地拍了拍张河图的肩膀,说,都尽力了,你没有错过任何一个机会。

张河图拍掉程欲仙的手,扭头离去。年迈脆弱的心灵无法承受如此密集的打击,他蹲在院子里,望着远处高耸的山脉,云雾缭绕,积雪如被,他感到自己的人生走到了尽头,没有了翻盘的希望,也再无机会接近那个绚烂而辽阔的真实世界。他来到无人问津的秋千架前,无限温柔地抚摸着它的纹路。他坐了上去,像一个溺水的孩子在激流中登上一块木筏,一洗他濒临成疾的崩溃心灵。摇椅晃动之后,他发现这是未曾有过的体验,仿佛返老还童,重焕生机,血液也变得新鲜起来,一会儿仰望天空,一会儿俯仰大地,就连群山鹤立也变成了弹指即逝的裙边花纹。他开始放声大笑,这才是他有生以来最不可思议的创造,仿佛能借着物理学的力量将自己甩至山的另一边。此时手机再次响起,悠扬的音乐如同嘲笑他荒唐念头的一声轻蔑口哨,于是他加大幅度,双脚拂过地面上卷起沙尘黄土,三圈过后,手机如愿以偿地从口袋中滑落,在地上摔成粉碎,铃声也停止了叫唤。

天地间再没有任何事物可以打扰到他。他紧闭双目,用力向后蓄力,幻想自己正蹬着一列火车在颠簸的山脊间穿峰越岭,身体轻盈,灵魂欢腾,随着一阵狂风呼啸而过,他决定松开双手。

北冥有鱼

　　林战月决定在出狱之后前往北极看格陵兰鲨。二十三年前,他刚入监狱时,北冰洋深处的格陵兰鲨已经是当世最年长的动物,时至今日,它仍然在大海中孤独地游荡。它出生在四百年前,那时清军尚未入关,北美洲刚建立起第十三块殖民地,世界像一张餐桌上布满了毫不相干的盘子。林战月偶然间在狱中图书馆里读到了因纽特人的历史,从而了解到这种动物。当时他刚用自己研究出的棋谱赢下象棋冠军,这是入狱前一个朋友的建议:在监狱里磨炼出一项技艺,出来时不至于没有活法。但他悲观地认为自己等不到那一天便要死去。后来他把格陵兰鲨的图片从书上偷偷裁下,压在床单背面。

从此以后，他幻想自己躺在鲨鱼背脊上，四百年的孤独让他的服刑期看似不再漫长。

五十五岁的林战月刑满出狱时，林添正站在监狱的铁门外踢石子。林战月领取了自己的黄色牛皮袋，里面是入狱时存放的物品，除了一些证件以外，只有一把生锈的钥匙和一只发霉的钱包，他小心翼翼将钱包掰开，里面的几张纸票已经嵌入皮层，字迹模糊难辨。林战月从办公室一路走到大门口，也没能从记忆之湖中打捞起任何相关的信息。

林添比对了一下照片，确信从大门走出的这位鬓白霜染、身型精瘦的老人正是林战月，小跑几步拦住去路，说，我是你的儿子。林战月收起张望新世界的眼神，略微打量了面前这位年轻的陌生人，说，这么大了，得有二十四五了吧？但是你认错人了，我没有跟女人生过孩子。林添说，是我妈刘桂芬让我来接你的。林战月几秒钟之后才做出反应，问，你是说，你是刘桂芬的儿子？林添点了点头。林战月说，她人呢？林添说，一年前去世了，走之前给我留了册日历，里面的照片是你。林战月接过林添递来的照片，老旧泛黄如出土古董,年轻时的样貌使他大梦初醒。这三十年间,他经历过无数场合,结交过形形色色的朋友,遗忘得最干净的是三十年前的自己。

  林添对父亲的过去一无所知,父亲在他出生前就抛弃了家庭。林战月和刘桂芬结婚之后去了镇上一家制药厂工作,每天下班回家后喝一点酒,抽两根烟,然后满足地睡去,这样的日子还有几十年。过于安稳的生活逐步让他感受到生活的无意义,于是他找了些挥霍时间的乐子,起初是去麻将馆打麻将,却因吸入太多二手烟导致肺部出现了问题。后来迷上了钓鱼,将鱼饵扔进水中,等待发生动静的那段时间是生活中唯一能让他体会到"期待"的活动。几年之后,制药厂换了领导,为了省事直接将废水排入河里,毒死了大量鱼虾。林战月写检举揭发信投诉药厂,每天回家进门前先查看信箱,始终没有收到回复,反而因为此事和领导产生矛盾。这期间他跟一个人跑到镇子外的田间钓鱼,随即又迷上了夜钓。一个漆黑寒冷的冬日,一辆面包车朝着林战月嘴边烟头上的一点星火驶来,车上人声鼎沸,车厢车顶塞满行李,他们是林战月的朋友,来向他道别并讲述了去北方经商的伟大计划。充满旧时代理想主义和冒险精神的旅程使林战月心潮澎湃，他望向远处田间的两道车印子，错以为车底的四个轮子中藏着能将一幕幕灰色画面碾碎的力量：平凡的家庭，过于重复的生活，人际关系崩坏的单位，以及那个挥之不去的带着老鼠文身的男人。一个耀眼的念头正在清理所有多余的顾虑，促使他相信这张从天而降的车票是他人生中不可错过的机会。在此之前他甚至没有离开过村子，只知道村子的东边是大海，朝北走过三个灯塔有一座码头，踏上任何一艘轮船就可去到崭新的世界，他在那里看见过外国人。

林战月把鱼竿插进土里，蹬入人声密集的车中。朋友们被他鲁莽的决定吓到，司机问他是否要回去和家人道别。林战月面容紧绷，臀部因激动而震颤，脱下手套朝掌心哈了口热气，搓了两下后往挡风玻璃前指了指，用几近冰冷剔透的语调说道，没法掉头了，上路吧。司机用力踩下油门，漆黑无边的田间划过一道永无回头的金光。

此后的日子里，村子上并没有因为丢失了一批青年男人而变得生机不足，一家颜料厂在镇上落地建成，为村子里的失业工人提供了大量岗位，恢复了往日的欣欣向荣。那批北上的年轻人直到年末时才陆续回来，过完年之后便带着妻小举家迁往北方开启新的生活。年复一年，只有刘桂芬始终没能等来自己的丈夫。林战月离开不到一个月，刘桂芬检查出怀有身孕，那时她仍未放弃等待，每天早上来到村口的小超市，小超市是村子里唯一有电话的地方。市门口常年坐有一两桌打牌的人，刘桂芬先和老板娘闲聊两句，站在一旁假装旁观牌局，缺人时不得不顶替几局，但心思从未停留在牌桌上，而是焦虑地等待着每一通新来的电话，盼望电话那头传来丈夫的声音。一个礼拜后从街坊邻居那得来一些新消息，林战月确实跟着那伙人一同去了北方，但是之后的行踪却无人知晓。她一边养胎一边回忆着林战月过去的种种行径，企图推断出丈夫出走的原因。家中的床铺上是他临走的早上掀开一半的被子，落在床头柜上的手表仍在不闻世事地转动，衣橱里的衣服和收音机里的频道自打他离开之日起再无任何变化，就连餐桌上的面包盘子和吃剩一半的鱼罐头也保持着他离家前的模样没有收拾。子弹已经射出，枪管里还残留着余温，面对这气息尚存、恍如昨日的屋子,刘桂芬有种丈夫从未离开的错觉。每当地板嘎吱作响,凉水杯里冒起热气,她知道那是丈夫没有离开的证据,他正躲在衣橱或沙发背后的墙根,但她从不去惊扰他,以免丈夫因此生气而离开。

刘桂芬是聪明有主意的女人,前些年一位戴墨镜的盲人拉着二胡路过村子,几天后村民都染上了奇特的风寒病。她在家试验了两天,第一天用蛇酒和火银树根做药方,服用后患上了夜盲症。第二天用麻黄和飞禽的内脏熬制出药汤,并在每碗汤中放入一长根生姜丝,卷成回形针模样,村里人喝完后身体立刻痊愈。从那之后,谁家有孩子感冒发烧,都会来向她讨药。她虽没上过学,却见闻广博,小时候随父母游历各地讨生活,经历过不少波折。刚开始他们在北方的小县城推销折叠秋千架赚取生活费,那东西是刘桂芬的父亲发明的,他们挨个敲响那些带院落的大户人家的大门,让刘桂芬坐在秋千架上演示。秋千架由几根金属管子构成,安装在院子里只需不到半小时。一段时间过后不少买主找上门来,缘故是秋千架有一种神奇的魔力,能让小孩在摆荡中误以为自己获得飞行的能力,诱使他们在荡至最高点时松开双手，最终酿成惨剧。尽管没有证据证明这一超自然现象的存在，但是为了躲避仇家的报复，他们不得不迁往别处重新安家。之后她的父亲想出了新的赚钱方式，他先教会刘桂芬一些观星排盘的路数，让她扮演年事已高却因侏儒症而永葆童颜的算命师，在寺庙附近摆台子。好景不长，他们因影响了同行的生意而被围攻，其中一位留着奇特山羊胡子的算命师当众宣布她所有的家人都会死于鱼腹之中。他的话在七年后一语成谶，那时他们已经混入上流社会，出事之前正在一艘游轮上参加化装舞会，轮船在即将进港时遇上暴风雨而触礁沉没，只有一半人活了下来。刘桂芬有幸分得一个救生圈，但她的父母却没有那么走运。海难中幸存的刘桂芬失去了双亲，她沿着海滩来到了村子里，年仅十七岁的她已历遍世间沧桑，逐渐感受到人生的虚无、空洞和荒谬。她站在海边的断崖上，望着天边昏黄的云朵，在海风的腥味中闻到了死亡的味道，即便吞没了那么多条鲜活生命，海面依旧表现出平静空荡的姿态仿佛无事发生。她几乎丧失情绪，一度想要求死，怨恨死神夺走一切却偏偏绕过了她。直到一位过路的老人提醒她脚下危险，她才回过神来，对于死亡的沉思使她获得了新的视野，感到人世间的一切都过于失真。她进入村子，在一家生产塑料的工厂找了份最普通的车间工作。她清贫度日，养了只名叫"真理"的猫来缓解孤独，同时依靠练习遗忘来获得活下去的能力。

刘桂芬费了些心思才找到遗忘记忆的方式，凭借从家族基因那继承来的特殊创造力，首先想到把记忆植入梦境的办法，因为根据她的经验，人对梦境的遗忘速度远胜于记忆。她先将每晚的梦当做真实发生的事记录在日记本上，再用床单和被褥做了衣服，拿枕头做了帽子，这套服装穿上以后可以到处活动，但是所见到的一切都会变成枕中梦境。这一另类的装束以它神奇的魔力引起了人们的注意，立刻在村里掀起潮流，那时村子几乎变成一座梦境之城，仿佛无数个大型晴天娃娃在村头巷尾来回飘荡。不少人因此颠倒了梦与现实，剩下那一批尚未被侵蚀的人，也因为其他人的混乱而对现实产生怀疑。然而这一方法并没有在刘桂芬身上起作用，因为她发现每天记录在日记本上的内容正是那些挥之不去的过往经历，它们变成了一个个难忘的噩梦重新裹挟着她。刘桂芬明白计划已经失败，只好采取另外的办法。她将错就错，重新开始研究梦的规律，半个月后有了些头绪，发现睡梦中所讲的梦话在醒来后往往难以记得。她获得启发，迫使自己成为一个神神叨叨的女人，每天抱着真理讲上一天的话，以便将这种习惯带进梦中。一个月后，她写日记时发现前后内容已经无法衔接，意识到计划已经奏效，于是她烧掉日记本。又过了一个礼拜，她已经无法判断晚上是否做过梦。就这样，她在滔滔不绝的梦话中逐渐将记忆遗忘，时而高亢激昂，时而悲痛呐喊，所有的内容无一不还原着她从出生到十七岁以来的波折经历。

那时刘桂芬没有察觉到，真理在和她长期相处中逐渐理解了她的语言，作为这些故事的唯一听众，每晚被她吵得睡不着觉。几乎同一时间，它拥有了共鸣人类情感的能力，刘桂芬不堪回首的记忆正在逐步转移到它的身上，随着那些跌宕起伏的冒险旅程而心潮起伏，但在故事结束的那一晚上陡然崩溃，此后陷入了长期的抑郁之中，不再吃任何食物，不再推毛线球，不再去砂盆中小便。一个阴气重重的清晨，刘桂芬醒来时失去了来村子之前的所有记忆。她躺在床上，在头脑中拼命回忆，却像拳头打在空气中一样虚空无力。角落里的真理瘫倒在地上，四肢微颤，发出凄惨的叫声。

真理的身体每况愈下，刘桂芬不得不带它去村里的宠物诊所。那是她第一次见到林战月，二十八岁的他刚因父亲去世而接过诊所，成为村里唯一的兽医。短短几个月就声名远扬，不仅周围几个村镇的人都来找他看病，即使遥远的市中心也有几个他的忠实顾客。林战月从小跟随父亲学习医术，二十年间掌握了多种动物的语言，只需简单地聆听几下叫声就可准确地判断病症所在。父亲去世的前夜还在教授它蜥蜴的语言，此前他经常把它与刺猬搞混，好在现在几乎无人饲养这两种动物。刘桂芬把真理递到他面前时，他已经判断出这只猫时日无多，但仍是把它留在诊所照看了两天，因为他发觉真理所患的是比较罕见的抑郁症。

在真理生命最后的日子里，林战月试图打开它的心结，却意外地从它口中得知了刘桂芬的生平经历，知道她小时候居无定所，随着父母闯荡江湖，被当做挣钱的工具，也知道她的父母死在了村子外的海里。真理在讲述这些故事的时候因精力耗散而奄奄一息，但林战月被那些魔幻传奇的故事所吸引，并没有给它来上一剂镇静药，而是急不可耐地想听完所有的故事。当讲到刘桂芬销毁自己记忆的那一段时，他终于明白当时村里人平白无故患上梦游症全是因她所致。林战月感叹于她身上所展现的奇特魔力，常年与动物相处的他习惯性地被这些异闻怪事所吸引，确信自己已经狂热地爱上了她。作为这世上唯一知晓她身世秘密的人，他认为这是一段妙不可言的缘分。因此当她再次来诊所时，他仔细地端详了一下这个特殊的女孩，她穿着浅色大衣，身材纤长，面容干净，头发留到肩膀，身上散发出玫瑰花余香。那一次会面并不愉快，因为林战月不得不告诉它真理已经死去，它讲述了两晚的故事之后力竭而亡。但林战月声称真理患上的本就是最难医治的精神疾病，大脑已经失控，就像一个早晨醒来失去记忆的人。真理的死没有出乎刘桂芬的预料，她平静地接受了这一结果，只是惊讶于面前的这个男人竟能一眼看穿她的烦恼。

一晃三年过去，当她嫁给林战月后一度走出消沉。那时林战月的诊所也遇事关闭，好在在镇上的制药厂找到了新的工作。导致诊所关闭的原因是一场名义上的医疗事故。一个下着小雨的午后，诊所里来了一位养狐狸的人。林战月立刻认出了他的身份，那是镇上有名的黑帮头子，靠经营地下赌场谋取暴利，导致许多男人因染指赌博而闹得妻离子散。那人声称这只狐狸咬死了自己饲养多年的鹦鹉，这一行为过于反常，想要请林战月检查一下。林战月让他在诊外等候，带着狐狸进了手术室。实际上这是他第一次碰上这种动物，多年的间隔早已使他生疏了狐狸的语言，到头来自己也无法完全确定到底对狐狸说了些什么。等到第二天，一起重大新闻轰动了村镇，那只狐狸在深夜咬死了这位黑帮头子，睡在旁边的情妇直到清晨醒来才发现这一惨案，他的脖子上留着清晰的咬痕，嘴巴里的舌头已经卷到了喉咙里。情妇吓得几欲昏厥，连衣服也顾不上穿，跑到窗口喊人，因过于激动而从三楼摔下，双腿致残，几近丧失了与男人行房的能力。

　　见识过林战月医术的人都认定这次事故与他有关。然而经过警方调查，狐狸身上没有被注入任何药物的痕迹。这一案件被当做意外事故，他们把狐狸拖进树林实施了枪决。从那以后林战月的诊所再无生意，尽管许多人认为他做了一件好事。他卖掉器械，出租店铺，再加上原本的积蓄，与刘桂芬办了场婚礼，开始了新的生活。

赌场的黑帮团伙没有放过林战月，一个左手臂上带着老鼠文身的男人是死去的黑帮头子的亲兄弟，总是带着两个手下在他钓鱼回家的路上封堵他，手上拿着锐器，发誓要取他性命。林战月在一次打斗中折坏一根鱼竿，弄伤了对方一条胳膊。回家之后他向妻子拿钱重新买竿，声称是钓鱼时不小心手滑落入河中。他对钓鱼的迷恋已经到了无可救药的地步，哪怕危机四伏也难以克制，仍旧抱着侥幸心理偷偷跑到河边，仇人的威胁反而给他平静的垂钓徒增许多刺激，只是每次长时间的精神集中后都会产生一阵悸动。带着鼠文身的男人总是不停地闪进他的视线，不经意间瞥到的墙角后面、一晃而过的树干背后。他不断地给林战月施加精神压力，仿佛随时会做出疯狂的举动。直到在家门附近也随处可见他的身影的时候，林战月终于无法忍受。

一年之后，林战月不辞而别。刘桂芬半躺在客厅沙发上，落地窗外的日月更替仿佛黑白默片中投出的光影一样映照着她的身躯。她一步也不想挪动，不论是厨房里剩下的半瓶白酒，洗手池旁的刮胡刀，还是柜子里的钓鱼竿，都刺激着她回想起往日的欢愉。当她明白自己的等待只是徒耗精力的行为时，终于旧伤复发，意识到唯有遗忘能够击败漫长的岁月。她又开始频繁地说梦话，每隔一天就将前一天的记忆遗忘，时间的流逝在她身上全然不起作用，日复一日，她永远活在了林战月离开的那天晚上。以至于多年以后，每当林添问起父亲的事情时，刘桂芬总是平静地说道，爸爸出去钓鱼了，明早就回来。不论是过年或中秋，不论是阴冷的日子，还是明亮的日子，刘桂芬都会煞有其事地告诉他，爸爸明早就回来了。林添从将信将疑的小孩长成心智出众的成年人，坦然地接受了自己没有父亲的事实，但是仍然难以理解母亲为何每天都能煞有其事地等待父亲的归来，十几年来始终保持着如此新鲜的活力。

　　林添七岁时曾跑到野地玩耍，在靠近湖边的泥土堆中找到一根细长的杆子，上面已经遍布蚊虫咬噬的痕迹。林添用河水清洗后把玩了一阵，夹在臂弯中带回了家。刘桂芬见到后骂他道,什么脏东西也往家里带。她抢过杆子准备扔掉时,立刻认出了那是丈夫的钓鱼竿,却不知为何已经腐烂发霉,散发出经年累月般的陈旧气息。她沉思片刻后大脑仿佛水缸破了个窟窿,一瞬间记忆倾泻而出,身体像被一个全新的灵魂所占领。她朝自己的儿子望去,惊讶于他在短暂的时光里竟已长得这么大,多么陌生又熟悉的脸庞啊,她想,眉宇之间散发着和他父亲一样的气质。她用刚干完粗活的手使劲揉捏儿子的脸,皲裂的手摩擦在他的脸上划出粗浅的痕迹,嘴里喃喃地喊着林战月的名字。林添被母亲不寻常的举动吓坏,以为自己正在做一场荒诞的噩梦,直到傍晚六点的钟声敲响,才将刘桂芬从迷乱的记忆里带了出来。从那以后,她每过一段时间就要被已经遗忘的记忆侵袭一次。林添对母亲这些没有征兆的情绪爆发毫不知情,也不知道那天在河边捡到的钓鱼竿是他父亲当年留下的东西,不知道他和父亲离开的夜晚曾如此接近。

刘桂芬去世之前,给了儿子一本明年的日历和一张照片,日历上用红色马克笔标注了一个日期,他叮嘱儿子,要在那天去监狱迎接照片上的人。那时林添已经二十五岁，继承了父母的聪明才智，除了有些孤僻之外，没有表现出任何异常。他成为村子里为数不多的大学生，毕业后进入了一家跨国公司。他想带着母亲一同迁往城里，但是刘桂芬仍然初心不改，她说，你爸昨天出门没带钥匙，家里得留人。二十多年来，家中陈设已尽数变化，他们接通了电话，装上了电视，厨房配上了油烟机，客厅的日光灯也换成了漂亮的西式吊灯，唯一不变的是刘桂芬执着的等待。这一贯穿她大半辈子的等待似乎成为她人生的全部意义，仿佛海中灯塔，无论是否有船经过，都必须在那漫漫黑夜中发出无人问津的孤独之光。

林添拿出夹在日历册中的照片，照片上是一个陌生男人，穿着淡黄色夹克，背景是一堵毛墙。起初林添以为母亲因饱受疾病摧残而出现了精神问题，因为几天之前，她吃香蕉时已经开始忘记剥皮。她躺在病床上，反复地讲述着林添从未听闻的往事，她如何长大，如何来到村子里，如何认识他的父亲。她的眼睛从未像此刻这样清澈透明，一改往日的疯癫无常。事情起源于两年前的一个晚上，年过五十的刘桂芬终于还是患上了失眠症，在那个彻夜未眠的夜里，她渐渐想起那些已经遗忘了多时的记忆。即便如此，到了第二天早上，她仍然处于习惯性的等待当中，她没有崩溃，没有消沉，甚至毫无怨恨，只是平静地坐到那张已经开裂的、露出黄色海绵的沙发上，等待成了她活着的唯一形式。

当年林战月离开不久后，刘桂芬收到过一封官方发来的信件，声称她的丈夫因犯杀人罪判刑入狱，服刑长达数十年。死的不是别人，正是那位左手臂上带着鼠文身的男人，他为了报仇一路追寻林战月来到北方，原以为在陌生的城市更方便下手，却不料正中林战月的算盘，他以逸待劳，最终以男人的方式进行了决斗，鼠文身的男人在抱摔中被树枝刺穿了胸膛。事发后林战月一度想要潜逃，却在计划尚未落实之前就被警方逮捕。那封信随着刘桂芬的不断失忆也一起消失，直到几十年后才被记起。在最后的日子里，她调查清楚了丈夫服刑的监狱位置以及出狱的日期，并非出于好奇，而是考虑到儿子以后无所依靠。不论林战月出于什么理由离开，至少这二十年来——她仍抱有一丝希望，林战月只是因为在狱中服刑而无法回家。

林战月活了将近六十岁，从未想过自己还能有个儿子。他坐在汽车后座，从后视镜里偷偷地观察林添。林战月出狱以来，最令他震颤的是那些不可思议的现代科技。儿子从口袋里掏出一个巴掌大的屏幕，对着说几句话便能显示城市地图，机器里传来机械式的女声，像坐在副驾驶一样对路况了如指掌。车窗外高楼耸立，一眼望不到顶，只有最不要命的工人才会接受如此危险的工程，他们把公司的名称写在大楼的最上头，确保住在城市另一端的人也能一眼望到。马路上疾驰而过的汽车比他过去六十年所见都要多，街市里到处都是银行，这个世界已经发展到遍地黄金。尽管这些稀奇的事物令他瞠目结舌，但林战月仍然在充满疑虑的不安中惦记自己最后的夙愿，去北冰洋看鲨鱼。

他拍了拍儿子的肩膀，说，那里面是不是塞进了一个人？林添问，哪里？林战月指了指挂在汽车空调前的手机屏幕。林添说，这是手机，手机就是电话。林战月说，电话我是见过的，拖根长线，还很笨重。林添笑了笑说，这东西普及了，人手一个，没有它寸步难行。林战月问，老年人也会用吗？林添说，有些会。林战月想了一会儿说，假如开个培训班，教老年人用手机，能不能赚钱？林添从后视镜里看了眼他的父亲，说，你不用急，先适应一阵再想办法。林战月有些心灰，说，你不用管我，我不拖累你，过两天我自己就走了。林添问，你走哪去？林战月说，今天是我第一次见你，你已经长成人样了，我才是那个刚从娘胎里出来的人，你真要惦记着那一点血缘，叫我一声爹？林添听到后立刻踩下刹车，解下安全带，打开后车门，一把将林战月从后座拉出来，瞄准下巴狠狠地揍了一拳，林战月失去重心，一个踉跄扑进了路旁的绿化带里。林添钻进驾驶席，系好安全带，仿若无事发生般疾驰离去。

一小时后，林添回到这里时，林战月正坐在路桩上和两只野狗聊天，嘴巴里发出模仿狗吠的声音。林添坐到他旁边，用脚赶走野狗。林战月低沉着头，一言不发，他们在街边坐了十分钟，仿佛两尊雕像。多年以后，当他在下雨的路边等一辆迟到的公交时，他开始有些了然了父亲刚出狱时的绝望心情，好像一片多余的拼图，这世上没有留给他的位置，于是做什么都可以了，多余人有多余人的活法。林添坐得有些累了，他站起身,问林战月,你准备去哪?林战月说,去北方。林添问,北京?林战月说,再北一点。林添问,黑龙江?林战月说,北冰洋。林添问,去北冰洋做什么?林战月说,无论如何,都要去一去的。

过了一个月,林添被这荒诞无比的执着所打动,几乎把它当做林战月的临终遗愿来看待。他向公司请了半个月假,买好机票,规划路线,目的地是俄罗斯一个名叫摩尔曼斯克的港口城市,面朝北冰洋的不冻港。林战月再一次为现代科技所震颤,他出狱之前就已下定决心,要穷尽毕生之力走到极北之地,做了漫长的心理建设,坦然地接受了上辈子坐穿牢底、下辈子在风雪中穿梭的悲凉现实。当他得知只需花上数个小时便能抵达目的地时,他惊讶地问林添,现在所有人都能坐上飞机了吗?林添不以为然地说道,即便是在你那个年代,也是人人都能坐上飞机。林战月尴尬不已,这份羞愧是属于他自己的,那些视死如归的动人觉悟只是没有看清现实的可笑念头。

他们到达目的地时已是午夜,在摩尔曼斯克边镇的一家小酒店里待到天亮。国内的秋季,俄罗斯还没到最冷的时候。天亮以后，他们沿着海港一路走，街道上走着许多穿滑雪服的人，路上堆积着不知何时落下的雪，头顶光秃细长的树枝仿佛天空的裂缝。街道的另一侧，是他惦记多年的北冰洋。自从林战月当年离开家之后，他再没见过大海，思绪不加阻拦地回到故乡的村镇上，穿过二十三年的牢狱岁月去和当年的自己接头。他没有过过有理想的日子，只是在漫长的等待中找到了能够活下去的支撑点。

一连几天他们都出了海，林添意识到父亲仿佛在寻找些什么，总是从甲板上朝脚下的海里张望。后来他们干脆住在轮船上，慢慢地向北冰洋远岸处深入。到了第三天，一个细雨缤纷的清晨，林添起床后发现林战月不见了踪迹，他找遍了整艘轮船，几乎一无所获，只从他的大衣内侧翻出了一张鲨鱼图片。他想起昨晚与父亲的谈话，那是他们相遇以来最为畅快的一次聊天，结束的时候，他趁机问林战月，你来北冰洋找些什么？林战月说，找一条世界上最孤独的鲨鱼。

在那个下着小雨的清晨，林战月站在北冰洋中央，细雨中充斥着岁月无情的寒意，轮船的鸣笛声是从他心底发出的一声声呜咽。今天不会有日出，只有扑面刺骨的狂风乍起，但他无心解读大海的旨意，答案不在这里，答案在北冰洋下一千米的深海处。二十三年来，他把所有的希望寄存于此，他的思绪比肉身先一步抵达。那是他面对时间煎熬的出路，使虚无的等待变得充盈的唯一方法——见一见这条经历了四百年沧桑的鲨鱼，看他是如何熬过这漫长而又丰富多彩的孤独，他坚信这会是一个把他灵魂连根拔起的过程。即使他慌了阵脚，开始担心自己是否清楚地掌握了鲨鱼的语言，因为残存的理智告诉他这一举动未必奏效。但他很快打消了顾虑，他必须通过这一庄严的仪式宣布他的等待并不是徒耗精力的挣扎。他已经离大海越来越近了，二十三年来他正是为这一刻而活，仿佛一首冗长的长诗终于迎来了最后一个句点。

　　林添把鲨鱼图片塞回他的衣袋里。从那以后，他再也没有见过林战月。

子宫移民

0

葛兰汀教授一生中最欣喜的时刻也是他最难受的时刻。耄耋之年终于在昏暗的实验室里发现子宫通道的秘密,这一来自接生神阿尔忒弥斯的奇迹,赋予了人类自由选择身世的权利。欣喜之中包裹着同样分量的失望,因为他同时意识到,这项技术无法向世人揭示,就连实验也有悖于人性伦理。像是得到了一块上好的滑雪板,尚未开化的世界却仍停留在自然法则下的春天。秘密就藏在实验室的数据库中,如果他的学生能够发现,当这条通道的出入口被打开的时候,那些与魔鬼为伍的人,也许会因此赞美上帝。

1

人工智能取代了劳动力后,唐穗成为人类最后的纺织女工,在与无数台电力驱动的机器竞争的过程中,她无法再把自己当做一个人。为了避免丢掉工作,她向厂长保证,必定充满活力、事无巨细地完成所有任务。没有人比她更加诅咒科技进步,那些外形丑陋的机械手臂,成为底层劳动者最后的敌人。每天早上,她打开车间的总阀开关,它们便开始以整齐划一的程序运作,冰冷的躯壳下映照着她手忙脚乱的身姿,人工智能到来的时代,流下的每一滴汗水都显得十分多余。

她是一台机器,厂里停电的时候,她也能跟着放假。终日与机器消磨使她逐渐丧失人类的情感,她跟它们较劲,竞争了那么久,唯一的出路是使自己变得和它们一样。穿上厂服,毫无希望地扎进一堆机械之中,这样的日子找不到尽头。消磨的情感在一个午后被重新唤醒,医生告诉她,一个崭新的生命已经找上门来。这种事情不该发生在一个单身女性的身上，但是给她的生活带来巨大转变。她没忘记自己是个女人，她向工位旁的两台机器宣布了这件事，它们在白色的衣布上印出了两株吊兰。

夏天清晨，阳光从窗户投进时，唐穗在墙上看到自己小腹的影子，正以不慌不忙的速度逐渐爬过第二块瓷砖。喜悦的同时开始变得忧心忡忡，这件事给了厂长辞退她的借口。但是她很快安抚了自己，也许命中注定要开始一段新的生活。她调转了床的朝向，扔掉了用了十多年的牙刷杯，在雪白的墙面上挂上日历，根据胎儿的动静标示出值得记录的日子。她在怀孕八个月后向厂长辞了职，在家中安心养胎。缝纫机的踏板开始积灰，水池下面的砖瓦生出青苔累累。唐穗躺在床上，脑海里想的是儿时丢失在天空某个角落的风筝。事情比预想中要顺利不少，身体出现分娩信号的时候，她已经住进了医院。

世界上只有两种人，一种人从阴道里出来，另一种人从肚子里出来，这是妇产科医生方康的看法。当他把生产结束的唐穗安置在209病房后，快马加鞭地赶往下一场剖腹产手术。唐穗因生育时的痛苦和疲劳昏睡了过去，刚出世的婴儿躺在唐穗的边上，眼睛里是天花板上的两条节能灯，他的身上卷了一条淡蓝色的布，这种布原来用在手术室里，为防止血迹沾染仪器而垫在手术台上。婴儿啼哭了一阵后不再有动静，护士安顿完后回到休息室，脱下护士帽搭在椅子靠垫的边角上，熟稔地在咖啡里倒入一卷白糖。

209病房安静得像一场午后的阳光，婴儿的嘴唇动了动，但是没有发出任何声响，他的左眼眶上有一块黑色胎记，看上去有些恶煞。他活力四射，并不肯安静地待在婴儿床上，那晶莹的身躯每蠕动一寸，床单就多一层褶皱，逐渐变得一片泥泞。他正顺着唐穗的子宫发出的神秘指引，奋力地爬回他来到这个世界的入口，试图重新回到唐穗的腹中，整个过程顺畅无比，像是滑入了一囊睡袋一样，处于梦中的唐穗毫无察觉。

护士回到病房时，她看到狼藉的场景：被子滑落在地上，床单从棉毯上脱落，唐穗的头顶着床板，面容痛苦。婴儿消失了，唐穗的肚子恢复成了生产前的样子——圆鼓似球，青筋暴突。在方康回到病房之前，护士没敢踏进一步。

唐穗在众人凝视下醒来,她这辈子担忧过许多事情,比如睡觉时会不会有蜈蚣爬进嘴里?孩子和她只能保一个时该怎么办?跳楼之前需不需要先把房租结清?这些担忧使她对生活中的突发事件有所准备。但是她怎么也料想不到,刚出世的孩子就这么钻进了她的子宫。

诗人说,这是故乡的呼唤。程序员说,重新启动是应对问题的初步手段。《圣经》说,尘归尘,土归土,从哪里来就要回到哪里去。"我也记得是生出来了,我听见他的哭声。"唐穗笃定地说。

当方康提出剖腹产手术时,唐穗阻止了他。"我可以顺产的,为什么要动手术?我听人说的,没有经过盆骨挤压,孩子脑子会笨。"

一旁的护士转过脸捂嘴笑了出来。方康推了一下眼镜,耐心说道:"你的孩子已经出生过一次了,他的脑袋已经被盆骨挤压过了,而且在他钻入子宫的过程中,势必又遭受了一次挤压。"

"那他……是不是就比别人要聪明两倍了?"唐穗说道。

这时唐穗又担心起来，婴儿出生了两次，到底以哪次为准呢？出生的时辰变了，八字就变了，八字变了，孩子的命运就变了。

"第一次吧，剪掉脐带，就算完成了生产过程。"医生解释道。

"可是，为什么肚子又大了？"

"这确实从来没有遇到过。"

唐穗不自觉地掉下眼泪，用力地拍了一下自己的小腹，疼痛使她当场昏厥。

2

唐穗的遭遇被定为一起医疗事故，按照医院的承诺，她可以享受免费的后续治疗，直到生产结束。医院给她安排了高级病房，单人单室，消毒水的味道更加浓烈，呼吸变得很不愉快。唐穗平静地等待着自己的第二次生产，十五天后，她感觉到孩子的动静越来越小，时间在她的身上倒行逆施，但她仍尽职地完成一个母亲的责任。

桌子上的电视机播放着早间新闻,节目中主持人和一位地质学专家谈论着海谷岛的未来,画面切换到概念图,截止一个月前,岛上已经有四分之一土地被大海淹没,而且仍有上涨的趋势,不采取任何措施,一年内整个岛屿将被吞噬。"在自然的力量面前,找不到任何办法。"地质学专家认为,在迁徙方案制定出来之前,只能打高地基,建高楼房。主持人背后的屏幕上又发布了方舟大院完工的消息,岛上的公民可以买房入住,越高的楼层卖得越贵。节目最后是一段纪录片,介绍了海谷岛的历史,这段纪录片随着岛屿的消失而不断增加播放频率,妄图把这个即将不复存在的岛屿塞进人类的记忆里。这座岛屿在两百年前冒出来,它处于公海上,不属于任何一个国家,战争年代许多人跑来避难,他们带来了经济和科技,经过一百多年的发展,已经和文明社会接轨,变成了一个小城邦。节目最后是主持人浑厚的一句台词:"我们的未来像大海一样宽广。"

唐穗无意识地切换着频道,原本她准备在医院里多赖几天,现在开始担忧是否把保险柜放在了够高的位子,而且她的烟瘾又上来了。她第一次抽烟是在 11 岁的春节，由于不会使打火机，父亲给了她一根抽了一半的烟去点鞭炮，唐穗偷摸地吸上了一口，那感觉令人难忘。只是为了养胎，她已经大半年没有沾染过烟酒。不小心碰翻了床柜上的水杯，玻璃碎了一地，疯狂地按着按钮呼叫护士。现在是早上十点差三分，按理八点半时护士就该给她送来热牛奶。

"主任家里有些麻烦事儿，给耽搁了。"护士把早餐放在桌子上，开始打扫玻璃渣子。

"电视上说外面很糟。"

"今天早上又有三个村子被水淹了，说没就没了。"护士把玻璃卷进毛巾里。

"村子里的人怎么办呢？"

"想办法偷渡出去吧，你家住哪？"

"爱民村。"唐穗平静地说。

"处理好了吗？你可要抓紧时间了，好的房源被抢光了。我们方主任也住那，现在搬进了方舟大院，还是上层的。"

"就算是顶层也会被淹没吧？只是时间问题，"唐穗说道，"问你个事哦，剖腹产是横着切还是竖着切？"

护士说:"当然是横着切,跟腹纹平行,这样比较美观。"

"横着切……"唐穗用手掌在肚子上比划了一道,"那,那给我安排手术吧。"

电视里演到做手术的桥段时,常用一个镜头语言,手术室门上方写着"手术中"的灯牌突然亮了起来,但是唐穗被推进去时,它没有任何反应。唐穗手指并紧,按在胸间,一滴汗水落到床单上,要是孩子死了呢?她终于冒出这个可怕的想法,她是不是有一点如释重负呢?刺眼的手术灯把她带去一个彻底陌生的世界,像歌厅里终日闪耀的迪斯科球。孩子死了,死在了她的肚子里,她的身体成了孩子的棺木,她离死亡这么近,她甚至用身体包裹了死亡,只是这一点使她感到恶心,而且促销期间买的蓝色婴儿车,似乎也白买了。

3

唐穗刚醒来时,没有意识到自己经历了一场手术,甚至使劲地躺了一会儿,直到她发现自己无法侧身,继而是不可抑制的愤怒，尽职的护士及时赶到。

"做手术的时候，方主任觉得有些不对劲，于是给胎儿做了检查。"

"结果呢？"

"令人奇怪，胎儿还没到生产的时候。"

"胡闹嘛！这儿是正规医院吗？孩子要是死了就告诉我，把他从我的身体里取出来，我不是接受不了……"

护士弯下身来，一手搭在床栏上，关切地说："你的孩子没有事情，检查显示还要半个多月才能生产，请你放心，我们会确保胎儿的安全。"

"我不管有没有事！你们把我的孩子取出来！"唐穗无理取闹了起来。

"恐怕不行……"护士憋了句话回去。

护士正为难时，方康带着几张彩超走了进来，向唐穗解释了一番，胎儿身上的绒毛和胎脂还未脱落，要等皮肤上的皱纹消失才能生产。唐穗还想辩驳几句，医生明白她的意思，孩子已经顺产过一次，怎么会还没到产期呢？可是婴儿钻入母亲子宫的事也没有人遇到过，我们应该用新的认知去对待这些事情。唐穗并不买账，污言秽语像根号二的运算结果一样滔滔不绝，病房外经过的医生都不由地停下脚步，总是一脸平和相的方康也有了些愠色。

唐穗喊道："你难道还要叫我把话憋肚子里吗？我的肚子里容不下任何东西了，孩子要憋坏了！我要出院！"

唐穗的出院手续办得比想象中顺利，医院迫不及待要甩掉这个累赘。她去柜台签字的时候，方康正搂着一个女人与她擦肩而过，女人的臂弯上挂着一个皮革包，包链没有拉好，里面凌乱地塞着几张单子，手上拿着个塑料杯，里面是颜色奇特的液体。她看上去有些憔悴，皮肤像厨房里沾染油脂的白色墙面。

"那是方医生的妻子？"唐穗低声问护士。

"怀孕了，今天来做检查的。"

"怀孕？"唐穗喃喃地重复着。

"不过说来也是奇怪。早些时候，他们生不出孩子，方主任带着她来检查，结果发现她不孕不育，别提多尴尬。据说方主任想带她去国外治疗呢，突然又怀上了。"

唐穗一阵沉思，问："方夫人是什么时候怀上的？"

"就在一个月前，你刚入院那会儿。"

"一个月前，唔，真是怪事连篇啊……"唐穗在单子上签下了名字。

4

房间已经淹成了一个浅水鱼缸，村子上的人走得干干净净，唐穗把脚搭在椅子上，房子里只有床、电视机和上层衣柜免于水灾，就连上吊也变得很不方便，不知道还能坚持几晚。卢席的房间里亮着灯光，终于还有一件一成不变的东西，这是她一个多月来唯一一个活在人间的证据，他们一起做最后的挣扎。村子变得毫无遮拦，人们可以在屋顶上做爱，瓦片劈里啪啦掉下来，享受海风的爱抚。

卢席是她的房东，在船坞里工作，有时几个星期不回家，唐穗就知道他又跟着行船去到了外面的各个国家。他在船上结识了不少上流社会的人士。唐穗怀孕的时候，也是托他找的医生。唐穗租过好几家房子，不是隔音太差就是房东事多,家里有办不完的红白事,隔三差五就要收回去。一直到了卢席这里,她才安顿了一阵子。卢席是个大龄单身汉,每日频繁地接触中,不可避免地睡到了一张床上去。女人愿意和一部分男人做爱,愿意和另一部分男人成家,只有傻掉的女人才会把两件事当做一件。比如回家路上卖菜的老太太,记不清事情,总以为他们俩是一家人,每天招呼她多买点鱼肉,一斤不够两个人吃。

卢席在深夜时分敲响了她的房门,漫不经心地聊了几句,对唐穗的奇遇也没有丝毫兴趣,只问了一声是谁的孩子。"反正不是你的。"唐穗回道。卢席极力地想把话题往"房租"上提,这是他水漫膝盖还不愿离开的唯一原因。

"可是,现在才月半呐。"唐穗说。

"那就按半月结。"卢席嗫嚅道。

唐穗脸上浮现出为难的表情,再多拖一天,也许海水就能淹没了房子,但是卢席不肯答应,他想在今晚就拿了钱离开。

"哪怕再给你十倍的钱,你也不可能住进方舟大院。"

"没有那个必要,"他回答,"我只想要买条船。"

那天晚上唐穗进入了一个梦境,梦里是一个四维世界,女人的子宫像一个有着无数出口的迷宫,未出世的婴儿待在一个球体内部,面对无数个发光的洞口,复杂的通道把它们连接在一起,仿佛一个三维立体的蜘蛛网。她找到了自己的孩子,眼看着他出来后又折了回去,进入了另一个通道,这条通道通往的不是别人,正是那个不孕症患者——方医生夫人的子宫。

5

早晨阳光照进,唐穗对着体重计露出了惊愕的表情,她反复量了好几次,认定是机器进水后坏掉了。水已经浸湿了床单下沿,水面上漂着塑料袋、牛奶盒和电影票根。昨晚睡觉前,她费了好大劲才把婴儿车折叠固定在了衣柜上方,不知什么时候又掉进水里。醒来时要接受这样的场景,好像现实和梦境做了交换。她像往常一样换上孕妇装,孕妇装是粉色的,侧边有两个很大的口袋，另有一件是碎花的，住院时落在了医院，没有带回来。穿上孕妇装给她一种物尽其用的感觉，身体被包裹得刚刚好，一点布料也没有浪费。但是今天的感觉有所不同，似乎宽松了些，这种感觉不是突然而至的，即使在几天之前，也有一瞥而过的知觉，她认为那是衣服穿久变松了。直到站上体重计，比两天前少了整整两斤，她看着镜子里的自己，疯狂地来回抚摸自己的小腹。

医院的大门前挂上了横幅："我们的未来像大海一样宽广。"她打了电话，接待她的是护士，到了临产期，先前的检查又重复了一趟。唐穗很快引起了医院的轰动，医生们聚集在402病房前，想一睹这个正在进行"逆生产"的孕妇，加上之前的几次检查，医生得出了以下症状：唐穗腹中的婴儿正在慢慢消失，这种消失不是死亡或生命体征的减弱，而是由一个人逐渐退化成一个胚胎。"逆生产"是方康临时想出来的词，这种病例史无前例，等到进行过彻底的研究，也许能换上一个更好听的术语，像"长春新碱"或者"足太阳膀胱经"一样朗朗上口。

"这下你得适应在这里的生活了，"护士把洗干净的床单被子铺好，"你要去单人病房也可以，但我觉得这儿会热闹一些，如果你愿意和其他病人聊聊天的话，我们按照你的需要来。"

唐穗的对床是个上了年纪的老头，头上只剩花白的几根毛发，脸颊瘦削像刻了两个巨型酒窝，插着呼吸管，面容安详仿佛静待死亡。他的家人每两天来看他一次，一对中年夫妇，神色凝重，穿着严肃，病房从来没有因为他们的到来而变得稍许热闹，只有第一次见到唐穗打了声招呼，问孩子几个月了，唐穗有些慌乱，说了半句"好几个月了"，他们像没有听见一样转过身去。有时会带上孩子，男孩刚从幼儿园放学，给老人看在学校里画的画，画上只有一扇门，小孩说那是他设计的，坏人无论如何也撬不开。他还会给老人表演翻跟头，几次撞到唐穗的床栏。

有天晚上，唐穗听见厕所传来滴水的声音，她悄悄推开门，露出半只眼睛，水池里的水溢了出来，在地上形成一个大水塘，老头穿着极不协调的长筒袜，癫狂地在水中踩踏着，像是一种古老仪式中的神秘舞蹈，溅起来的水甩到门板上。那时她突然明白,老头患上的不是普通的疾病。

直到唐穗出院之际,她仍没发觉病房的秘密,墙面上诡异的图案也未曾引起她的注意,这里是医院临时为精神病患者所提供的病房,但是在唐穗进来之前方康偷偷摘掉了指示性的标牌,他在唐穗的病历上用常人看不懂的字迹写下了"产后抑郁",声称是对"逆生产"的进一步研究。

唐穗甚至沉浸在因祸得福的喜悦之中,因为这样一来,房租的问题是解决了。冥冥之中已经明白自己不需要任何救治,只是在等待腹中的胎儿消失,那是将近十个月的房租,十个月过后,就连岛屿是否仍在海上都是个问题,更何况,担忧死亡不会让死亡延期。家人来探访的时候,她会羡慕隔床的老头,她记不起多久之前,他的家人给了她两根香蕉,她以为这个礼节会一直延续下来,却再也没有收到过任何馈赠。

她开始回想起在纺织厂工作的日子,病房里昏暗的氛围让她与久违的孤独再次相遇。她已经在病床上生根,任凭身体腐烂发臭。她的指甲已经很久没剪了,里面全是脏东西，过了一个多礼拜护士才记得把指甲钳带来，她凭借这个和漫长的生活展开对抗，每天花大量时间修剪自己的指甲，每一个都是完美的弧边，小心翼翼地把剪下的指甲搜集起来，用餐巾纸包好，从中得知岁月流逝的秘密。

6

一年前的春天，一条来自外国的船在海谷岛靠岸，韦斯特教授与方康会面，带来了当今世界上最神奇的发明。他在葛兰汀教授的电脑中发现了他生前留下的秘密，韦斯特迫不及待将"子宫通道"进行实体化研究，科研团队在历经数年艰辛后硕果累累，成功打通了妇女子宫内部的连接通道，使得新生儿具备了自主选择子宫通道的权利。

由于仍有不可规避的不确定因素，这项技术没能获得医疗部的实验批准，目前仅停留在理论阶段。韦斯特教授多次找志愿者试图进行地下实验，然而怀胎十月的过程何其漫长，总是因遭人举报被迫中断。眼看着计划付诸东流,却意外了解到海谷岛即将被大海吞没的消息。这座岛屿原本就不为外人所知,是一个天然的实验场所。

"这很简单,医生,"韦斯特向方康演示道,"妇女一旦怀孕,便可以开启子宫通道。同时间怀孕的所有妇女,都是通道的出口,我们把通道的范围缩小到海谷岛以内。"

时至今日,方康开始觉得把子宫通道作为解决不孕不育的方案是暴殄天物的行为。按照韦斯特教授的说法,这项技术一旦实验成功,可以帮助海谷岛的居民进行子宫移民。"现在没有国家愿意接纳你们,如果海谷岛的孩子让岛国之外的女人生出来,那么海谷岛人就不至于灭亡。"方康性格自私,没有什么抱负,一心只想解决生孩子的问题,并在偶然之间对技术进行了完善,通过唐穗的遭遇可以得知,即便是患有不孕症的妇女也能打开子宫通道。由于未能在平常的女性身上进行试验,也无从得知是否所有的婴儿在进行移民时,都要经历重新爬入母亲子宫这样血腥的过程。

唐穗在失去孩子的第九个月后彻底发狂,不停地向护士打探方康的消息，认定孩子的消失与他有关，护士每天来好几回，后来只是把饭袋挂在门上。隔壁床的老头受不了唐穗整日神神叨叨，费尽力气瞪着腿，好似一只翻不过身的乌龟，用力伸长了手臂，一点一点地往上蹭，终于够到了床上方的按钮，紧接着是一声巨响，连接着呼吸管的医疗器材轰然坠地。护士赶忙跑了过来，把老头扶到床上，用当地话交流了几句。

唐穗没有放过这次机会，抓着护士的手臂要她叫方康过来，大声地叫嚷着他偷走了她的孩子。几个医生冲了进来，把她拉到一边，唐穗拼命挣脱，病室里引发了一场狂风暴雨，最后她扭倒在地，头发乱作一团，脏兮兮的，医生们才意识到她的身体状况越来越差劲了。

趁着人多的时候，唐穗半疯半醒地讲起了她与方康的故事。声称事情始于一天傍晚，她从纺织厂回家，方康来找卢席的时候遇见了她，那时卢席已经出海，家里面没有人。唐穗替卢席接待了他，简单地聊了半个小时，沉默占了大多数时间。唐穗整日与机器一起干活，已经忘却了与人交流的方式，在方康看来十分木讷，像个好骗的小姑娘。

卢席归期不定，方康隔三差五来几趟。"我知道他实际上是来找我的，为此我特地刷了厕所。"唐穗说道，"我们坐着聊天的时候，我注意到他衣衫整齐，鞋子也擦得油亮。"那时她已经预料到方康带着某种目的，然而唐穗从未对付过男女间的事情，身心带来的任何一种新体验都只能盲目地对号入座。

他们第一次交合的时候碰上一场大雨，进行到一半时唐穗想要起身去关窗户，却被方康制止。雨水沿着窗棂泻进屋里，敲打着地板发出乒乒乓乓的声音。她想起学生时代老师说过的话，在岛上只要面临下雨，所有的活动都应该被取消。"我的老天。"唐穗任凭医生享用着她的身体，脑海里只有一个念头："我们一定是在犯罪。"

"所以方康是孩子的父亲了？"医生们将信将疑地听完了唐穗的故事，风言风语很快传到方康耳朵里，他毫无意外地咬定这是一整篇的谣言，并且将"精神病室"的牌子挂到唐穗的房间门口，声称只要稍微有点判断力，都不会把这个房间里的人说的话当做真相。

7

人们对于海谷岛最后的记忆是关于方舟大院的,最后一个年头,整个岛屿像被水冲刷过一样清澈透明,到处都是洪水留下的残垣断壁。方舟大院仿佛插在马桶里的掭子傲然矗立,如果再观察得仔细一些,会发现它有着轻微程度的倾斜,这是由于地基被破坏的缘故。从小岛的任何一个地方都能看到方舟大院,到了晚上,散步的人们会对着灯火通明的大厦沉思,幻想着里面的人们在做着什么样的活动。所有的设施均围绕方舟大院搭建,从表面上看,人们似乎仍和自然做着最后的较量。

疗养院内,方康正在帮病人办手续,院长把文件收好,吩咐下属去安排房间。

"李院长,接下来的事情就麻烦你了。"方康说道。

"是什么样的病症?"

"产后抑郁,孩子难产去世了,医院也有责任,除了身体上的护理以外,没有给予足够的精神治疗。后来产生了幻觉,偏执性精神病,相当严重。"

"妄想症？怎么不早点送来治疗？"院长问道。

"患者的身体还没有恢复，暂时脱离不了医院的护理。"方康把填好的文件递给院长，站起身，示意握手。

"夫人还好？听说刚顺产，男孩女孩？"

"男孩，身体挺好，就是左眼眶上有一块黑色胎记，"方康拿手掌在自己脸上比划了一下，"准备做手术去掉，不然太难看，怕以后对他有不好的影响。"

方康出来时，唐穗已经换上了衣服，拿了被子去到新的病房。妻子打来电话，让他在回去的路上买一个小点的婴儿车，之前那个太大了，每天进出电梯时很不方便。方康挂掉电话，想见唐穗最后一面，又怕闹出动静，只在病房外门上的小窗户里远远地看了一眼。

大堂内的电视上放着晚间新闻，官方表示海平面已经一个多月没有上涨，并且将继续稳定下去，方舟大院所在的社区已经建设完工，岛民将继续享受安定的生活。唐穗蹲在角落里抽烟，看着海平面一点点吞没小岛，想起卢席跟他说过的话，他在远洋的时候听到外面的人谈论起海谷岛的事情，方舟大院只是一个阴谋，黑心的资本家们捞完最后一笔，等海水淹没的时候跑去国外发财。这是一个任何有头有脑的人都能想明白的一件事情：在末日来临之际，再昂贵的房子也比不上一张船票来得更有价值。

唐穗没有船票，费尽心思找到了这样一块栖身之地，原本的住所已经被大海淹没，卢席跟着船队逃之夭夭。她拼尽全力使自己幸免于难，却仍然受制于自己目光短浅，所有的安稳只是暂时的缓和，她的生活终将随着大楼一起倒塌。岛中央那间空无一人的实验室里，打开子宫通道的按钮已经启动，范围从岛屿扩散到整个世界，然而唐穗仍然对自己的遭遇一无所知，如果不幸得知所有的秘密，必将在命运的诅咒中彻底崩溃：她的人生悲惨而不失意义，只是从一台机器变成了一只小白鼠。

海风拂过孤岛，海鸟飞落大厦，近岛的海面上有几艘单薄的小船，像玄关上胡乱放的鞋子，马上就是黑夜了，它们正在奋力地行驶，却难以驶出靠岸的趋势。如果回望小岛，他们会看到方舟大院上被吹起的横幅在落日下缓缓铺落，落下一行振奋人心的句子："我们的未来像大海一样宽广。"

岛的周围全是水

离魔方拼成还差两个色块的时候,孟先觉感到身体正在脱离自己的管控。但他仍坚定地将注意力集中在魔方上,并为即将到来的一刻激动不已。他捣腾了一个晚上,早晨六点二十分,天空昏暗无光,母亲还在熟睡,过于安静的空间使他忽视房里渐起的阵阵阴风。一直到魔方的转轴变得笨重起来,他才发现衣服胸口处的一处线头已经卷入这个方块迷宫的缝隙,此后他每转一次,就有一股强大的力量慢慢把他拽进里面。固执的孟先觉不为所动,双手继续熟练地翻转腾挪。漩涡中心已然展现出席卷万物的强大势头,桌上的吊兰拉长了它的茎叶,地板间的缝隙延伸出道道裂痕,从中喷溅出如蚊虫般漫天飞舞的木屑。最后一步完成的同时，魔方吞噬了他整个身子。

孟先觉离开的那个早上，廷芳没有把脚伸进自己的鞋里，因为她看到儿子的军购鞋还留在鞋柜上。时隔多年，那仍然是她记忆中一个栩栩如生的清晨，她拿着魔方瘫坐在玄关，这是儿子留下的最后一件东西。醒来以后，她一直等到九点都没有看到儿子的身影，她闯进他的房间，里面只有一个魔方摆放在地板中央，周围一片狼藉，花盆碎裂，窗帘脱落，仿佛刚被野兽扫荡过的洞穴。她愁容满面地盯着手中二十六个颜色鲜艳的塑料方块，意识到这并非是一次短暂而传统的离家出走——在一个陌生的早晨突然消失，又在一个宁静的傍晚披霞而归。她想起儿子近段时间来的种种异样，才发现这一切都有迹可循。他在饭桌上向她讨教缝纫机的用法，在后院给枯萎的月桂花浇水，就连鸡棚里的粪便也处理得干干净净。

到了中午，廷芳带着魔方穿过竹林，到村口去找凌嫣，她正在那里帮忙放鸭子，放到一半悠闲地沉到河里练憋气，憋完后像倒扣的圆珠笔一样从水中弹起，随即看到廷芳正站在她的面前。廷芳大声将孟先觉消失的事告诉她，凌嫣听完后，没有显露出惊愕的脸色，她用脚踢开浪花，慢慢地从水中走上来，说，我早上就在这了，先觉没有出村。廷芳说，我心慌得厉害，怎么会没事发生？

廷芳的担忧并非没有来由，二十岁的生日过后，孟先觉对村外世界好奇不已，吵嚷着要去外边闯荡一番。一次饭桌上的长谈中，廷芳毫不退让地拒绝了此事，原因是她的丈夫当年曾受人蛊惑，跑到繁华的城市里打工，声称要挣得一个衣锦还乡的体面荣誉。然而等到第二年春天，已经三个月没往家里寄钱的丈夫，再度回到村子里时变成了一副尸骨。知情人告诉她，丈夫死于一起突发的工地事故，从脚手架上滑落时摔得不巧，一颗木条上的钉子扎进了脑袋。从此以后，这位可怜的乡下寡妇对村外世界的全部想象被一颗血淋淋的钉子代替，认定外面是充满死亡威胁的人间地狱。她几欲崩溃，拿起装潢用的小锤子，哭丧着跑到河边，誓要把这座连接着灾难与不幸的桥梁拆掉。

那时孟先觉才不到六岁，家里的玻璃窗上还残留着他满月酒时父母贴上的喜字剪纸。他尚未形成触摸痛感的能力，只记得每到晚上，总能听到木床嘎吱嘎吱的响声，尖锐刺耳，那是母亲夜不能寐的声音。他就睡在母亲的边上，灰暗潮湿的房间里，那些路过他手心的老鼠，也会爬上廷芳的脸庞。一直到孟先觉长到十八岁，母亲第一次教他刮胡子时，他才像意识到什么事一样，突然开始嚎啕大哭。

出于对儿子的保护，廷芳没有告诉他父亲离世的细节，这反而激起了他叛逆期的探索欲望。一个烈日炎炎的午后，他向母亲宣告，自己无法忍受一辈子只待在一个地方的糟糕人生。他用上了一切宏大的词汇，理想信念与价值荣耀，带着激昂的凛然情绪，自以为能够打动他那见识短浅的老母亲，面对玻璃制成的大楼和能够载人上天的飞船，没有人可以无动于衷。廷芳怔住了，她在儿子的动人演说中感到命运的车轮再次向她碾来，儿子的表现和他的父亲当年离家时一样。廷芳站起身，握住儿子的臂膀，用乞怜的眼神看着他，说，除了火焰，外面什么也没有。孟先觉说，我看过书，那就是个大一点的禾谷村而已。廷芳说，禾谷村已经够大了，不要离开妈妈，不要做无情的人。孟先觉说，别劝我了，我看过书，人到二十岁，就是要为自己做事的。

廷芳害怕极了，接连几夜梦魇。在不幸的前半生里，她慢慢学会将丧夫之痛转移到抚养孟先觉身上，她一度找到了办法，熟练于这种积极的转换，仿佛一台咖啡机，不停地将苦涩的咖啡豆制成醇香饮料。那是实实在在的宠溺，当别的男孩开始为生计奔走，开始卖苹果、捕鱼和务农时，孟先觉依然能卧在床上读他喜爱的书籍，饿了就跑进厨房，问，妈，有粥喝吗？她无比享受那一刻，她希望在每个日落黄昏的傍晚听见那一声呼喊，她在这份伟大的卑微中攫取她所需要的意义，然而于事无补，她永远无从得知儿子何以能长出坚硬如石的心肠。

为了挽留儿子的脚步，廷芳为他找来了一个相亲对象。那日，孟先觉回到家中，看到房间的床沿上正坐着一个丰满女人，观察到屋子里没有母亲的身影时，他明白这是一个圈套。那一晚上，他只问了她的名字，凌嫣。之后便打坐一整晚，不愿碰这个会让他付出惨重代价的女人。这一举动反而让凌嫣倾慕不已，她爬上他的身体，像鱼一样卧在他盘坐的双腿间，她倾尽无数调情之语，孟先觉岿然不动。凌嫣从未见过如此坚忍的男人，此后对孟先觉发起了疯狂追求，动静之大，村里无人不晓，邻居们见到廷芳便作揖问喜。但孟先觉的决绝让这份本该圆满的家庭喜剧胎死腹中。父亲去世后，他从未向母亲发过如此大火，愤恨地说道，让那个女人回去，如果非要让我待在这里，除非你把门焊死。

廷芳真的照做了，她将儿子反锁在屋中，整整一个月，好让他见识到自己痛苦的决心。那段疯狂的日子里，他们只相隔一个门板，廷芳情绪激昂，不停重复着那些朴素单调的劝阻之语，日日以泪洗面，泪水顺着门缝流进儿子的房间，但她却一刻也没能闯进儿子的心灵。廷芳并不甘心，请道士来家里作法，清除儿子灵魂中沾染的脏东西。又从江湖医生那买来葫芦药丸，平复他叛逆的情绪。甚至雇佣了一支仪仗队，整日朝孟先觉耳中灌输哀伤的乐曲，哪怕能从他的眼眶中挤出一滴眼泪，这一切都算值了。

最初几天，孟先觉以绝食来反抗，很快将廷芳折磨得痛苦不堪。隔着门板，他经常听到母亲在家里摔东西，玻璃罐、陶瓷碗接连地碎裂在地上。家里已经没有完好的器皿，就连喝水的杯子上都带着裂缝。母亲发了疯，也或许是刻意为之，孟先觉不得不留神起来。因为下一步可能是火灾、地震以及如山的母爱崩塌前的山体滑坡。这份担忧让他的态度变得缓和，在展开理想宏图的同时终于用余光朝母亲的方向瞥了一眼。接下来的几天里，他将饭菜吃干净，入睡前敲三下门板，示意她也回房睡觉。

这场两败俱伤的家庭战争进入了尾声，母子俩卸下武装，找回了各自的灵魂。孟先觉从房间里出来时已经形销骨立，双目无神。她心疼地抱住儿子，说，妈知错了，我们各退一步。孟先觉用手臂扶上她的背，说，以前我想飞到天上，现在我降落了。出来后的第一件事，孟先觉把家里的书全都烧了，以此向母亲表明态度。但廷芳仍没有放下警觉，她常常留意着儿子的军购鞋，那是他最喜欢的鞋子，平常不舍得穿，但每当出远门时一定会带上。只要鞋还在柜子里，她的生活就能安全无恙。

儿子的失踪的那天早晨，他没有经过村口，也没有带走鞋子,以至于廷芳仍抱有侥幸地认为儿子还藏在家中的某个角落。凌嫣却不这么想,她最后一次走进他房间的那个夜晚,孟先觉喃喃地在昏暗的火光中轻声低语。凌嫣并没有把这件事放在心上,但事后想来,也许其中隐含着他离家的秘密。孟先觉声称要去寻找一片月桂叶,这片叶子原本是十六世纪一位诗人的书签,十九世纪的人在一条死去的鲨鱼腹中重新找到了它,叶子上还有子弹穿透后留下的弹孔。那是猎人留下的,孟先觉继续说道,人类文明的历史,就是诗人与猎人交战的过程。凌嫣没有把任何一句话放在心上,认为这是他到了年龄,难免要说些胡话。

经由凌嫣的提醒,廷芳终于意识到,这场战争并没有结束,儿子一直在打着自己的算盘。回忆往昔,她发现了许多致命的细节,儿子最近一段时日展现出的耐心与孝顺,像极了即将远行时面对亲人的不舍之举。她不明白自己一手养大的孩子,灵魂怎么就给那些印着黑字的书册子拐跑了去。廷芳问凌嫣,他的这些书是哪来的?凌嫣说,都是张教授的财产,你儿子跟他走得很近,有天晚上,我看到他俩举着根细长的白色管子看星星。

张梧华教授去年冬天来到村子里,是禾谷村多年以来最热闹的事情。禾谷村地处粟木镇一个僻壤又不起眼的小岛上,世界上任何一项伟大的文明与科技都难以惠及此地。村子一度想借着独特的地域环境发展旅游业,村长动用了好几层关系,才找到一位像样的名人来给村子题写广告词。那块广告牌至今像模像样地矗在村口,每周有清洁工过来打扫,上面写:禾谷村是个岛,岛的周围全是水。这一尝试没有给村子带来多少变化,张梧华教授是他们唯一的收获。他买下了村子最大的房子,雇佣工人重新装修,面对这位财大气粗又闻名遐迩的大教授,禾谷村人丝毫不敢怠慢。而他也用力所能及的财物回馈了热情朴素的村民——一座私人图书馆。

村里人还没有对知识和书籍产生重视,唯有孟先觉不停出入其中,终日徜徉于诗集与小说的所形成的网状空间,陷入一种异样的亢奋当中。他从未有过如此奇特的体验,汲取知识的过程就像在一个旋转楼梯上不停地爬。他从中知晓了世界上一切迷人的变化,科学家们已经如同使用魔法一样在利用物理规律。一个偶然的机会，他翻开了一本散发着枯叶味道的陈旧古籍，那是记载着禾谷村历史的连环画册，没有人知道出自谁之手，上面用粗粝的线条讲述着一个关于魔方的故事。那是一切的起源。孟先觉立刻被上面的文字俘获了内心，沿着书中的指引寻去，他在河岸的岩石底下找到了遗失已久的魔方，同时挖掘出来的还有一杆发霉的烟枪。

从那之后，他将全部灵感倾注在魔方上面，手指在光滑的方块上轻盈散步。心智越陷越深的同时，他对母亲产生了怜悯，因为他认为自己会在某个不经意的时刻不辞而别。他饱受良心上的折磨，一度无法直视母亲的脸孔。孟先觉最后一次踏进厨房时，想对母亲说一些掏心之语，廷芳却在为饺子里包什么馅而发愁，无暇顾及儿子的情绪。孟先觉就怔怔地站在那里，看着温柔的落日余晖穿透窗户，将厨房映照得剔透通亮，映照出母亲充满生机的轮廓，一直到他现在这个年纪，才意识到屋檐下有这样鲜活的一个女人。他萌发了一个贪婪的念头，也许等他离开了这里，母亲也会找到自己的生活。

雨季来临之前，孟先觉正窝在床上擦拭魔方，一件不快的事情使他坚定了自己的诀别之心。粟木镇为了扶助禾谷村，给村里的年轻人提供了一个去城里念书的机会，一共二十个名额。村长兴奋地来到廷芳家中，想要询问孟先觉的意见，这位聪明且擅长学习的小伙子，足以成为令人期待的可塑人才。然而廷芳将村长拦在门口，她说，我替你问过了，他不会离开村子。村长说，这是千载难逢的机会，把这辈子的好运都花完也等不到下一次。廷芳说，那就留给人家吧，我们娘俩有日子过。村长说，你让开吧，廷芳，我们都清楚先觉的想法。廷芳挡在门口，双臂抵住门框，说，你换个日子来，今天没有人可以从这过去。村长说，他不是小孩了，你不能老替他拿主意。廷芳说，我就是想让他待在身边，不是什么要命的请求，这也有错吗？

由于村上的同龄人消失了大半，孟先觉很快得知了此事的原委，他与母亲的矛盾再也无法调和。愤慨的情绪一度冲昏他的头脑，从此以后他意志坚定地投入到魔方的研究当中，以一天找出一条规律的速度破解魔方。时光流逝，等到那个载入史册的清晨降临的时候，他没有丝毫犹豫，唯有兴奋和好奇之心在胸腔中涌动。在这场声势浩大的探索中，他如愿以偿地找到了通向另一个世界的缺口。

儿子离家之后,廷芳逐渐在母亲的角色上失控,她死死攥紧魔方,即使睡觉的时候也不曾放下。某一个夜晚,她似乎听到魔方中传来儿子的声音,细微空灵,绵延不止,仿佛来自另一个时空。第二天醒来,她如同丢了魂一般,踉踉跄跄地回忆尚未做完的梦境,像考古人员摸了块石头,不停地向下面挖啊挖,逐渐确定那声音并非来自梦中。她丰富的想象一度触及了事情的真相,认为儿子跑进了魔方当中。但她不敢去摆弄魔方,害怕破坏了儿子留下的某种玄机。她没有上过学,没有念过书,除了日常杂活之外,手指间唯一掌握的技术活是缝补衣物。因此当一个魔方摆到她面前的时候,她不免对这个世界产生了新的疑惑。它正在将她拖进现代文明的潮流之中。它如此鲜艳亮丽,好像连黑夜都无法夺取它的色彩,上面残存着不少细小的划痕与凹陷,看上去历史悠久,像个老古玩,材料也不是普通的金属,表面坚硬而光滑,仿佛触摸着凝固的液体。但她自己仍穿着灰暗的粗布衣,外面套着干活时用的挂脖围裙,天生带着一种与魔方反差巨大的气质,就连她自己也置身事外地感受到夸张的违和感。它们像两张来自不同时空的照片，阴差阳错地堆叠到了一起。

廷芳第一次放下魔方是张教授来她家做客的时候。张教授家原本的女佣在一次例行打扫中折断了腰，使得她再也无法从事体力劳作。一个明媚的午后，张教授来村民家里寻找适合的人选，村里的女人无不盼望能去教授家工作，她们换上干净的衣服，费尽心思地打扮，表现出知书达理的样子。张教授只在廷芳家中多停留了片刻，因为他从未见过一个农村的老妇人会如此饶有兴趣地研究魔方。张教授伸出手来，掌纹中透露着成功人士独有的荣耀气息，那是廷芳人生中颇有仪式感的十秒钟，她战战兢兢地把魔方递给他。张教授随意摆弄几下，红色的那一面很快成型。廷芳为这举重若轻的表演惊诧不已，问，您有解法？教授摇了摇头，说，也就到此为止。他把魔方塞回她手里，又说，你来我家工作，食宿都有安排，每日帮我整理书房即可。

廷芳手足无措，不明白这份邀请的背后有何深意，只知道面前这位男人和儿子有着某种紧密联系。他算不上英俊，但是身材挺拔，声音硬朗，深邃的皱纹中洋溢着稳重与自信,和村里面的所有男人都不一样。她没有拒绝教授的邀请,意识到这是禾谷村唯一有能力解开魔方的人后,她有些激动,仿佛已经获得破解儿子失踪之谜的钥匙,身心立刻轻盈了不少,平日里想不通的问题也能释然了。她安慰自己,儿子到了年纪,要出去走一走,这没什么大不了,她养的鸡长大了,也要扑腾翅膀往鸡棚外面蹦跶。

  第二天清晨,廷芳在睡梦中被敲门声吵醒,村里派了人来到她家,特意送了一套干净的衣服,并叮嘱她去教授家后需要注意的问题,廷芳从中得知张教授来到禾谷村的原因。那是在张梧华婚后第二年,他突然患上奇怪的疾病,终日焦虑不安,面容憔悴。检查后发现自己的病因是恐惧摄像头,无论是照相机、监控甚至一切孔状的东西都能令他后背冒汗。病情加重后他几乎寸步难行,他悲观地得出结论,当今社会是摄像头的世界,它们正在剥开他的肉体,将他的灵魂炙烤在永日无法安宁的险恶人世。医生说,药物治疗副作用大,收效甚微,不如找个僻静的村子好好静养。经过一番心理斗争之后,他带着妻子来到禾谷村避世。

廷芳进入张教授家后便发现与传闻一致，他家里的门上都摘除了锁孔。穿过玄关过道后是客厅，客厅出奇得宽敞，但采光一般，暗色调的墙砖增添了几分阴郁色彩，中间的墙壁上挂着巨幅油画，下边摆放着一台钢琴，面向庭院的玻璃门前有一张摇椅，看起来像教授用来度过午后时光的地方。一楼可以直接望见二楼的陈设，房子构造复杂，到处都是稀奇物件，未等她一一检验已经意识到这不是份轻松的工作，但是教授告诉她，他不喜欢整洁，无需打理那些已经不成样子的地方，并向她讲解乱中有序的道理。教授说，就像魔方，每一面都拼成一种颜色，不见得就比打乱它更美观，你喜欢拼魔方，应该懂这个道理。

廷芳顿时明白了张教授邀请她来工作的原因，也意识到这是场误会，为了隐藏自己的目的，她没有向张教授解释魔方的来历，而是先投入到工作当中，从教授夫人那接管了家中的一切事务。张教授的妻子林漪，是个三十出头的妇人，身上带着来自上层社会的贵妇气质，妆容精致，仪态温婉，她原先是一家创业公司的销售经理，早早赚了大钱，和张梧华结婚后离了职，全力协助丈夫的事业。她每天都会换上不同的衣服，紧致的旗袍把身体裹得像保龄球瓶。但她从来不出门，宁可在院子里养花种草，也不愿和村里的妇人多聊一句。对于陪伴丈夫来到这个荒凉村庄疗养一事，她一直心存怨气，像她这样时髦的女人，不应该在这落后的世界角落浪费宝贵青春。

医生宣判张梧华病情的时候，林漪也在场，她听到了那些医生常用的跟随着可怕病魔的委婉话术，诸如"不容乐观""保守治疗"之类的词。如果没有奇迹发生，张梧华的一生都将在那个落后的村庄里度过。教授心态良好，声称只要著作能流传于世，他不在乎上帝从他那儿夺走些什么。但他的心思向来粗糙，没有意识到这是对他们婚姻爱情的重大考验。林漪脸色变了，从那天开始她就失去了灵魂。翻开往日的相册，她意识到那个能够独当一面的女人早已被自己叠成了一张干瘪的皮囊，压在了"教授夫人"这一响当当的身份下面。她的朋友、她社交圈子中的人都是丈夫为她安排的角色，她恍然清醒，幸福生活的代价是成为丈夫的附属品。像她这样的年纪，难以再从爱情里汲取义无反顾的勇气，丈夫的人生出了问题，她不得不跟着一块承受。

一天晚上，廷芳准备晚饭的时候，林漪偷偷来到厨房，从袖子下拿出一个白色小纸袋。这是她从医生那偷偷配来的生猛药物，她仍然幻想着张梧华的病情能够痊愈，不肯放过任何机会。她对廷芳说，把这个抹在碗壁上，然后盛粥，这一碗给老张。廷芳从林漪紧绷的表情中看见了她的第二副面孔，小声问，这是什么东西？林漪说，用来治疗他精神病的，他自己不肯吃药，只好用这个办法。廷芳又问，教授得了什么病？林漪白了她一眼，说，不要多问，听好，大夫说这个药一日两服，你想办法让他吃进去，老张人精明，之前怀疑我给他喂药，喝粥时还把最上层刮去。廷芳说，教授对我很好。林漪说，我认得你，你儿子跟老张走得近，听说他最近离家了，你是有事要想找他吧？廷芳说，我没有能力，教授挑中我，是我的福气。

晚餐上桌后，张教授从书房里出来，穿着一件几乎要拖到地上的浅色棉绒睡衣。他一手舀勺喝粥，另一只手拿着一本棕色厚皮书。教授在廷芳的目视下缓缓喝下了那碗抹有药的粥，她跟随教授紧张地吞咽喉咙，林漪见状,暗示性地向廷芳对了一眼,廷芳被她尖锐的眼神吓得一激灵,立即低下头去,搅拌碗里的汤水来掩饰慌忙。教授坐在桌子的主位,并没有意识到餐桌上的战争,正滔滔不绝地分享他最新的研究成果。他说,不到十年,就要迎来房车的时代,这种带有居家设施的可移动车型将开始流行,为什么?因为中产阶级醒悟了,他们不满于老是待在一个地方。林漪打断了她的长篇大论,说,我很赞同,没有人会想一直待在一个地方,我也想问一问,我们还要在这里待多久呢?教授说,这不是我想聊的话题。林漪听出了丈夫的愠怒,说,好了,没有人听得懂你在讲什么,禾谷村不需要车,也没人知道房车是什么。林漪经常如此,有意想要支配饭桌上的话题,不停地提起他们过去的邻居和朋友,以及外面世界发生的伟大变化,费劲地想用新奇事物勾起张梧华回到城市的欲望。这位沉稳的教授却毫不感冒,始终把自己的学术研究放在首位。教授说,刚刚提到的,是我新写的论文,一篇伟大的论文,诞生在一个不起眼的村子,自古以来就是这样,廷芳,村里有寄信的地方没有?廷芳说,小超市后头,门口立着邮筒的那间屋子就是。

尽管廷芳已有所准备，但她还是为自己狭小的视界感到脸红。她专门从报纸上学习了如何做咖啡，研究了书的三种分类方式，甚至细心到想好了不小心摔坏东西后的说辞，却仍无法如她设想中那样从容上阵。短短一天，她就卷入了这对夫妻复杂的斗争当中。晚饭过后，又有一人偷偷来到厨房，这回是张教授，几乎是站在林漪曾站过的同一位置，先是寒暄了几句，问她在这里干得是否习惯。随后他突然压低了声音，说，有个事要劳烦你，我怀疑林漪背着我在用手机，你替我留意些。廷芳连忙点头答应。教授又说，摄像头，我见不得这个，最近总听到手机的按键声音，可林漪说那是她玩纽扣发出的，我不信，她在对我下药，这我知道，那些药害处大，我不肯吃，她想回到城市里，这我也知道，你就当看笑话，但是千万要站在我这边。教授开始讲述他的忧虑，喋喋不休中并没有留意到廷芳的脸色正逐渐变得凝重。

出于一个母亲的本能，廷芳没有放过这个契机，她卸下了往日的尊卑与拘束，按捺不住焦虑的情绪，用近乎绝望的语调哀求道，张教授，我一定帮你，但我儿子不见了，请你也帮帮我。张梧华问，你儿子是谁？廷芳说，孟先觉，您认识他。张教授说，好久没见他了，他去哪了？廷芳说，他跑进了魔方里。她从布兜口袋里抽出那个坚硬的物体，再次递到了张教授的手里。张教授有些懵，说，这里连只老鼠都塞不下。廷芳说，我有查过，他没有离开村子，甚至没离开屋子，房间里只剩下这么个东西，而且我听到里面有他的声音。张梧华说，据我所知，大概有亿万种拼法，通常靠公式来解，但具体如何，我也不知道。张教授开始摆弄魔方，和上次一样，他迅速拼好了第一层，但对第二层和第三层无可奈何。面对廷芳不依不饶的乞求，他不知该如何打发，只好允诺会尽力帮忙。

某个夜晚，张梧华和妻子聊起此事时，林漪久违地产生了兴趣。他们搬进禾谷村后，连家具都换成了古典样式，这是张梧华的医生给出的建议，营造出单纯而原始的乡村生活，就像生活在十九世纪一样，这种氛围对他缓解病情颇有利好。因此当林漪见到魔方的时候，她的反应没有比廷芳高明多少。林漪兴奋地拧了两下，说，还记得我们在外边的时候，这种玩具很常见。张梧华躺倒床上，被子盖上肩膀，说，你好好琢磨，帮她把这个拼好，就当找点事做。林漪仍在专心地摆弄，说，我可以跑一趟，我有个小侄子懂这个。张梧华说，你还真当回事了。林漪说，那她再找你，你怎么交代？张梧华侧过身去，说，把她换了，再找一个。林漪说，她是个可怜虫，没有丈夫，现在连孩子都丢了。张梧华讥讽道，兴许等你拼好魔方，她儿子就回来了。

　　林漪已经被闭塞的环境折磨到崩溃，逃离的欲望与日俱增。她几年没有出入过社交场合，玻璃大楼里宴会上的爵士舞曲，网球场上挥汗如淋的快意，霓虹街市后的咸淡海风，都成为她记忆中如昨夜逝梦般的模糊记忆。这一落后于时代数十年的破旧村庄正在耗散她的生命，逼迫她进入一种卡壳状态，再也无法感知时间的流逝。她躺在床上无意识地玩弄魔方，这东西虽然复杂，但是有助于缓解压力。一个晴朗的早晨，她在误打误撞中地找到了出路，魔方的第二层赫然成形。拼成的那一刹那，空灵的房屋里突然扬起一阵狂烈的阴风，天花板上的吊灯轰然坠落，转眼间变成了地板上一堆晶莹的玻璃渣子。林漪大为震惊，陡然间参悟了诸多真相，但并未像平常一样急着向丈夫分享有趣的新鲜事。

为了验证自己的猜想，林漪从廷芳那里了解到了孟先觉失踪的全部细节，她声称这是张教授的意思，这令廷芳感激不已。随后林漪又问起了当初嘱咐她的事情，廷芳告诉她，每天早上她都会把药摇匀于咖啡当中，另一顿药则在晚饭时寻找机会。林漪说，难怪老张最近有发病的迹象，下在咖啡里会失去药效。廷芳临危受命，不得不琢磨新的办法。除了一日三餐之外，教授几乎不吃任何东西，午饭又不好下手，米饭不行，汤是大家都要喝的东西，于是问题变得棘手起来。星期天下午，她去村里看门诊，向大夫宣称，自己这段时间常有饱腹感，吃不下东西，请他开几味能增进食欲的药。后来的日子，张教授每天都早上都会听到肚子里传来敲打空心金属棍时发出的声音，一股轻柔的风正在他的肝肠间闹腾，他感到自己的肠胃正在漏气。廷芳适时地将下过药的鸡汤送进他的屋里，令教授万分欣慰。

只有林漪知道张梧华的病正在渐渐好转，当她看见丈夫还在小心翼翼地避开孔状物体时，她觉得好笑。她提醒张梧华，既然他能够无碍地使用电动剃须刀和吹风机，证明症状已经有所减轻，偶尔也该去外边旅游一次，看看长期静养过后的效果。那段时间，林漪对张梧华的研究课题产生了浓厚的兴趣，每天和他讨论课题的进展，因为张梧华答应她，等写完了这篇论文，他会好好考虑林漪的意见。夫妻俩在饭桌上谈起此事时，张梧华一句随口言语刺痛了廷芳的耳朵，那日晚饭吃到一半，教授满意地说道，无需多少时日了，大功就快告成，重回现代社会的日子不远了。他的双眸中饱含憧憬，仿佛已经看到加官进爵后的满身荣光。这句话引起了廷芳的忧虑，如果教授离开了禾谷村，她也许永远失去了解开魔方的机会。

自从把解魔方的事委托给张教授后，廷芳开始找其他的办法来寻找儿子。她手写了几十张寻人启事，写完后却不知道该到哪里去张贴它们。她整理儿子的笔记时找到了他留下的阅读记录，又让她灰冷的情绪重焕光彩，终于有了新的方向。廷芳火急火燎地来到图书馆，将笔记本上的图书一一搜寻。年轻时她上过村子里的脱盲班，该认识的字都能认全。她从书架上找到卡夫卡的

《变形记》与波德莱尔的《恶之花》，也看黑格尔的《逻辑学》与弗洛伊德的《梦的解析》，认为其中暗含通向儿子内心的捷径。那些复杂的句子从她眼前缓缓流过，面对整个人类历史中最先进的知识体系，她却没有任何走进其中的方法，笨拙地将食指一行行地在书上划过，试图通过此举来引导自己集中注意，然而一切皆是枉然。眼泪一滴滴地落在书上，穿透几页书纸，仿佛在叩打一扇无人应答的古老大门。她怀疑那些充满魔力的文字正片刻不停地将她的灵魂慢慢吸走，否则怎么会连一句话都难以看懂。

那些书几乎要了她的老命，廷芳正在成为天底下最不幸的母亲，她不仅弄丢了儿子，而且本能地萌发了放弃的念头。那是一份分量沉重的罪孽，她不再是一个称职的母亲，继而陷入了无尽的自责当中。除了一如往常地打点教授夫妇的起居之外，剩下的时间便痛苦地把自己关在图书馆里。为了能让张梧华多待一段时间，她终于狠下心来，做了违背良心的事情，她把教授每日服用的药物换成了面粉，不到三天，这里就乱作一团。张梧华开始犯病了。他先是度过了一个辗转难眠的晚上，神经变得异常紧张，他听见晚风吹响阁楼中铃铛，屋顶上的黑猫正在玩弄刚抓到的麻雀。张梧华连翻了几十个身，仿佛在用后背拨动床板的琴弦，发出刺耳的声响。伴随着一声痛苦的呻吟，林漪从睡梦中醒来，听见张梧华正在用虚弱的声音喊道，好冷。那一晚过后，他就再也没停止过颤抖。他陷入了难以抑制的忧虑当中，浑身无劲，好像被无数把枪口指着脑袋。他失去了工作能力，每日身裹一条绒被，如同鬼魂一样在屋子里游荡，用黑胶带将所有带孔的地方粘住。林漪被丈夫的举动吓坏了，她浑身冰凉地站在门口，预感到离开禾谷村的日子再次变得遥远。

  第二天午后，林漪走进厨房，询问她是不是忘记在饭菜中放药了，廷芳永远也忘不了她的表情：灰色的面孔仿若蒙上了一层灯影，眼神里带着阴郁的焰火。廷芳装出无辜的样子，刻意在语气中表现出温情，笃定地告诉她，一切安好，没有任何意外发生。但林漪并不买账，她亲眼看着廷芳把药物放进鸡汤，抹在鸡的胸腔内部，随后林漪亲自将它端进丈夫的书房。廷芳早在几天前就给他停了增进食欲的药，因而那天下午张梧华没有像往常一样察觉到饥饿，张梧华拒绝用餐，也不肯打开房门，这些决绝的行为加重了林漪的猜忌。她怀疑张梧华在故弄玄虚，为的只是劝服她继续留在禾谷村。

　　此刻教授正癫狂地将自己反锁在书房里，对妻子紧迫的敲门声置若罔闻。他将所有带孔的地方蒙住，用黑色胶布把整个房间包裹得阴云密布，就连笔记本上的串口也没有放过。这是一场无止境的轮回，他没有从中得到任何慰藉。庆幸的是，他的大脑仍有清醒的部分，并且试图通过早年练习过的瑜伽冥想来自我解救，就这样，桌子上最夺目的那个彩色魔方成为他的冥想对象。复杂的颜色与规整线条仿佛教堂里的彩色玻璃窗，冥冥之中带着神意的写照。从洪荒过后的神话世界一路辗转至霓虹闪耀的钢筋城市，他的思绪如好风时节的风筝线一样顺畅，一番轮转之后，又重归于禾谷村的这片苍老土地，这一被江水眷顾的神秘村庄。他想，水是这世间顶好的东西，水没有孔，又能无孔不入，这世上最清澈的人心都不如水那样人畜无害。他在心中默念那句没有任何重大意义的清心咒语：岛的周围全是水。他慢慢恢复了平静，随后立刻投入到工作当中，因为他总感觉胸腔中涌动着即刻将他淹没的黑水，像藏进云雾背后的巨龙留了个尾巴在外头缓缓摇曳。

睡觉之前，林漪问了他一个致命问题，她说，老张，我们之间还有爱情吗？张梧华像被钉子扎了一下，即便像他这样不解风情的男人，也明白这是挑起事端的经典句子，他的回答已经无关紧要。张梧华说，我搞研究的同时，也抽空看文艺小说，有一句话不知道你听过没有，爱情就像携手从海里走上沙滩，起初是一阵浪，最后是一盘沙。林漪说，以前每年冬天，你都会给我织围巾，来了禾谷村以后，你就懈怠了，我不知道是因为这里没有冬天，还是你变了。张梧华说，我的手指已经不如往常了，但我记得你喜欢冬天。林漪说，有时我不知道怎么做你的妻子。

这句意味深长的话仿佛一片树叶落到水面上，掀起不为人察觉的波澜。林漪消化情绪的能力一向无人能敌，她不再对丈夫抱任何期待，也做好了忍受孤独的准备。她拿起魔方来到书房，一把将丈夫书桌上的书本和植物盆栽全部抹到地上，瓦盆摔碎时发出与过去生活诀别的声音。林漪准备在这里解开魔方的秘密，她全神贯注，就像这世上再没有值得关心的事一样。她仔细端详着这个五颜六色的铁块，觉察到其中散发的古董气息。她消耗了太多精力在无谓的等待上，人形憔悴，心已枯焦，终于在力倦神疲之时下定狠心。她开始旋转魔方，每转动一次，耳畔就会刮过一阵坚硬的风，地上摊开的书开始自动翻页，发出如昆虫振翅般的清脆声音，这使她确信自己找对了方向。像先前的那次尝试一样，她很快拼出了第一层。进入第二层时，她这一生都未曾像此刻一般忘我投入，在艳丽的迷宫格里疯狂找寻着逻辑上的密道，她逐渐适应了那些错综复杂的路线，转速不断加快，指尖上长出了轻盈的羽毛，游刃有余地将它困在自己的五指山中玲珑翻滚。解到第三层时，魔方中倾泻出的力量愈演愈烈，房间开始扭曲，地底下传来岩石崩塌的声音，书籍从书柜里逐一脱落，甚至连墙上的时钟都开始向反方向旋转。当还剩两个色块就要大功告成之时，林漪突然停下旋转，于是万物定格在盛放前的那一刹，这场飓风如同断电一般陡然间失去了力量。林漪满意地目视着手中完成的伟大作品，打了一个清脆的响指，她将书房重新整理了一遍，随后迎着清晨热烈的阳光，快活地走到户外漫步散心。

这是她一个月以来第一次出门，沿着别墅前那条布满枯树叶的小径一直往前，厚底的坡跟鞋踩在枯黄的落叶上，发出清脆悦耳的声响，那是她与这片土地的说笑方式。树林间浓荫密布，秀郁苍苍。阳光从树叶缝隙中照进林子，像沙漏一样穿过细孔，慢慢积攒在密林的笼罩之下，光线密集的地方泛着尚未散去的晨雾，蝇虫也寻光而来，饶有活力地在空中划出优美的轨迹。她开始以城市贵族来乡下度假的姿态重新面对禾谷村，肥硕臃肿的老牛，臭气熏天的鸡棚，平日里避之不及的场所已经成为她眼中的乡村气韵。最后她走到了湖边，望向烟波浩渺的水面时，她有些惊诧，好像一直到此刻才真正意识到，禾谷村原来是座岛。

那天早上，张梧华从床上醒来，发现妻子已经消失在床边，他没有多虑，像往常一样走进浴室，痛快地洗了个热水澡，他两个月没有刮过胡子，旧病复发让他无法再使用电动剃须刀，头发也长得难以打理，再过上一段时日，他将无法再分辨出镜中的自己。洗漱完之后，他来到书房准备开始一天的工作，这时他惊奇地发现桌上的魔方已经几乎拼成，红的鲜艳，白的整洁，只有一小块蓝色和一小块黄色待在了不属于它们的地方，这难不倒他。张梧华兴奋地拿起魔方，那一刻他没有想起廷芳，也没有想起她消失的儿子，只是纯粹地享受着见证一件艺术品逐渐成型时产生的快感。一直到胡子不幸卷入到魔方的缝隙当中时，张梧华才回过神来，只差三步便能大功告成，已经没有退路了，他想，箭在弦上，不得不发。此后他每转动一次，魔方就牵扯着他的胡子将他拽进里面，没有解释，没有缘由，像神话故事里那些来路不明的夸张比喻，不讲任何道理。一阵充满引力的狂风袭来，仿佛一张密网将他整个套住，连同他那些伟大的著作，一同推进那个玻璃杯大小的镜中世界。这个贫瘠的村庄正在被挖去心脏，世界已经如此凌乱，然而房间之外的土地仍旧安详，无垠的水面上没有掀起丝毫波纹。

　　这一切都被林漪看在眼中，她候准了时间，在丈夫走进书房的同时回到了家中，听到了书房里传来阵阵巨响，她跑上楼去，靠近房门，使上全身力气也只不过开了条缝。她就在那道面包片般狭窄的缝隙中目睹了不可思议的景象，她的丈夫着了魔一样疯狂摆弄着手里的魔方，并把胡子卷进了里面，之后整个人开始一点点消失，景象夸张如蟒蛇吞象。虽然这一幕与她设想中相差不远，但还是禁不住被吓出了眼泪。随着暴风骤停，房间顿时归于平静，魔方从半空中落到地上，开始自动旋转，整齐划一的六种颜色立刻又变得凌乱无序。林漪走进满目疮痍的房间，紧张地靠近魔方，小心翼翼地将它从地上捡起，大声喊丈夫的名字，空荡的屋子里只留有她自己的回声。林漪尚未从奇迹之景中走出来，不知道如何摆正自己的情绪，除了惊诧之外没有过多伤痛，自由与轻盈的感觉正在蔓延。进入禾谷村以来，没有一件事是正常的。她有心无意地拨弄了几下魔方，把它推向更为混乱的深渊，夹带着她对于丈夫的怨念，将往日难以排遣的愤懑迁怒至冰冷的铁块。

张梧华失踪了，消息很快传开，村里人一度认为这是村子走向消亡的征兆。那时廷芳正在图书馆研究一本有关拼图的书籍，上面列举了将零碎拼图整合成形的十三种办法，最厉害的拼图大师能将地球一端的樱花瓣与另一端红枫叶的纹路完美拼接，她兴奋地认为这对解开魔方具有借鉴意义。噩耗传到她耳朵里时,她正沉浸在这一份短暂的快乐当中,以至于以为那是梦境里衍生出来的荒唐呓语。她小跑着前往教授家,仍然坚信一定是什么地方搞错了。来到教授书房,映入眼帘的是一副面目全非的景象,桌面整洁如新,书架被整个搬空,地上放着几个打包好的纸箱子。那一刻她失去所有力量,情绪的石头从山顶滚滚跌落。消沉了几分钟之后,她又像想起什么似的,开始翻箱倒柜,四处搜寻,一改往日的拘束和胆怯。似乎得到某种神秘的指引,最终在纸盒底下找到了林漪藏好的魔方,仿佛了却了一桩心事一般,她一手托着魔方,毫无顾忌地仰头大笑。刺耳的笑声引起了林漪的注意,此时她正在搬运行李,决心下午就要离开这个鬼地方。她迈着阴沉的步伐,仿佛从河对岸走过来一般,上来便要争抢廷芳手里的魔方,廷芳寸步不让,一把推开林漪,从教授家跟跟跄跄跑了出去。林漪站在门口破口大骂,疯女人!

这句咒骂正在成为一语成谶的预言,张梧华的离开消耗了廷芳最后一点理性。这个疯女人后来成为禾谷村里人人头痛的对象。仿佛灵魂离开躯壳,她做起了一切鸡鸣狗盗之事，在湖边偷鱼筐，在食堂吃人家的剩饭。她迅速消磨了村民们的同情心，从一个丧夫丧子的可怜人变成了家长阻止孩子靠近的对象。但她已无痛无痒于人世间的繁杂，总是躺在河边的阳光地带，一刻不停地转动魔方，像古希腊伟大的数学家，富有使命感地破解上帝交给人类的难题。她成了一台机器，忘记自己为何要转动，全凭那虚无的信念和要命的惯性，只要足够虔诚，就能在亿万条道路中找到去处。因此手腕的每一次抖动都足够令人期待，清除了她人生中的障碍物，延续了活下去的念头。

在与魔方无日无夜的较劲中，廷芳患上了色盲症，从此再也无法分辨魔方上的色块，但她没有做任何无谓的挣扎，从容地朝村外望去，水还是水的颜色，她仍然以粗糙的手指与热烈的汗水对抗魔方的光鲜。即便过去了很多年，满手老茧的廷芳仍在无休无止地转动，逐渐拭去魔方上的涂料，把它磨成锃亮的银色石头。那是一个耄耋之年的傍晚，她的无名指抹去了魔方上最后一道色彩。六个面终于趋向同一种虚无，这是从未有人完成的奇迹。但她迟钝的眼眸没有察觉到这一切，只感到耳边袭来一阵狂风,将她的干枯的长发吹拂进魔方的缝隙当中。她回头望去,整个村庄都悬浮到空中,风沙将每一颗历史的尘埃娓娓道来。在那个喧嚣的时刻,手无寸铁的村民共同扑进这场暗无天日的盛宴。万有引力失去了力量,魔幻的尘土占据上风,灰黑的瓦砾和黄色的香蕉,彩色的衣服如同旗帜,裙边像波浪一样闪动,它们仿佛都有自己的情绪,但一切最终成为无可奈何的奔赴,在这场不可逆转的沙尘暴中化为乌有。于是这世界变得完美,禾谷村只剩下一片水。

马孔多在下雨

  2014年4月17日,著名作家马尔克斯于墨西哥去世。第二天,一位房产富商在晨间读报时看到了这则消息,他朝客厅外的楼梯口望去,墙面上钉着一幅老人的照片,花白胡子下挂着一抹无比苍老的微笑。同一年,一座名为"马孔多"的迷宫公园正式立项,四年后成为本市著名地标,那一片区域被人们称为"马孔多城",建在前往市中心的必经之路上。富商并无子嗣,晚年生活贫瘠,人生最后时刻不停地在马尔克斯的著作《百年孤独》中反复寻找有关"孤独"的共鸣,不断声称自己是"奥雷里亚诺"家族的最后一代而被怀疑精神失常,将数以千万计的财产投资建造"马孔多迷宫"后,人们更加笃定了这一猜想。

这座迷宫占了一个大学城的面积，市民们无需买票就可进入。富商临终前立下遗嘱，将遗产交给第一个找到迷宫出口的人，于是引来络绎不绝的游客。当一批又一批寻宝者空手而归时，人们又产生了新的猜疑。建造完这样一座庞大的迷宫后，即便是本市首富也未必能剩下多少财产，到头来说不定只是一次给拜金主义者的惨痛教训。

迷宫分为上下两层，一半处于地底下，试图从高空拍下迷宫地图的办法并不高明。迷宫的墙壁上涂鸦着一幅幅诡异的画面，无一不还原着马尔克斯笔下的经典形象：香蕉园，番石榴，小金鱼，枯枝败叶，猪尾巴的婴儿。刚开放的时候，书店里的《百年孤独》销售一空，人们试图从书中找到蛛丝马迹，但总因复杂的故事情节和相似的人物名字而中途放弃。

清晨六点的闹钟响起，马登在一个长长呵欠中作了一首诗，诗的题目叫"闹钟为谁而鸣"，在寻找第三个韵脚时妻子的手掌拍到了他的面颊上，嘴里发出嫌弃的碎念。马登伸长手臂去够闹钟按钮，前两次扑了个空，第三次卯足了劲，闹钟从桌上弹起时，他已经想好了诗的最后一句：最幸福的事不是床笫喧嚣，而是闹钟过后能继续睡觉。

马登对腹稿中的诗歌十分满意，他想，人在一天中要面对许多按钮，诸如日光灯开关，电脑主机，便池马桶，没有一个像关闭闹铃一样大快人心。他把妻子的手从脸上挪开，窗帘外透进的光亮有些昏暗，遇上这种情况，往往是下雨了。他凝神屏息，仔细用耳朵分辨各种声音，他听到了秒针的转动，也听到了雨声。

"外面在下雨。"马登嘀咕了一句，抓住了那一刻稍纵即逝的悲伤。他脱去睡衣，换上工作服，从上往下扣上每一颗纽扣，把摊在床头柜上的《百年孤独》合上，帮妻子把被子盖住肩膀，把昨夜喝剩下的水倒进盆栽，轻声走出卧室。

来到厨房，马登往锅里打了两个鸡蛋，为了不让它们粘在一起，小心用锅铲将分开。六点钟的时候，他给妻子倒了一杯热水，他背上公文包，穿上皮鞋，站在地垫上若有所思，随后又倚在门上点了一根烟，等到烟灰将要落到地板上的时候,他不得已地打开了门。

只有在这样的清晨才能遇见如此空旷潮湿的街道,行车不到半里他就打了三个呵欠。调频广播里正在播放着天气状况和洗车指数,女主持人的声音散发着一种冰块上套着塑料袋的质感。他在每个清晨把生活的悲情重新梳理,从中得出新的感悟,像雨滴一样不断撞击着挡风玻璃,接着又被雨刷刮去,而后出现新的雨滴,周而复始。

找的两家连锁酒店已经客满,他又往市中心靠了点,还是来到了那家名叫"抹香鲸"的酒店,它处于商业中心旁的一条深邃小巷中,招牌隐蔽,与两家并不高级的超市共享一个店面。马登要了一间钟点房,房间很好,简约大方,白墙与棕色窗帘透露出一股朦胧的睡意。他把包扔到椅子上,掀开被子便睡。

酒店的前台是两个年轻女士,马登第二次光顾之后就成了她们闲聊时的话题,那是一天刚要开始的时间,没有人会在这个时候开钟点房,何况是一个上班族白领打扮的青年。她们在前台死守观望,以期得到合理的答案,然而也没有女人进入他的房间。

马登睡到十点，被隔壁房间做爱的声音吵醒，女声尖锐绵延，男声沧桑油腻。他看了一眼时间，离时限只剩下不到半个小时。电话响了，是前台打来的，声称马登在酒店消费了三次以上，因此获得了一次钟点房的免单优惠，"但是需要登记一下会员表格，请问能来一趟你的房间吗？"

马登觉得奇怪，不过还是同意了。等了两分钟，进来的是前台的女工作员，他第一次看清她的全身样貌，她身材高挑，穿着黑色工作服，胸部别了一个工作名片，上面的名字是"唐菲娅"。先前由于柜台的遮挡，几次都只看到她的上半身。她进了他的房间，什么也没有说，坐到房里唯一的一把椅子上。马登有些尴尬，他把窗帘拉开，天空中仍是乌云密布，像一块擦了太多铅字的橡皮。

"是想找你聊聊，像你这样大早上开钟点房的客人，很容易引起我们的注意，你理解吧？我前年到这儿工作，去年冬天，有一对情侣经常来我们酒店开房，后来他们分手了，男生放不下恋情，还是有规律地来入住，没过多久，就在客房里自杀了。"

"我只是想睡一觉，这会儿还早，没到工作时间。"

"为什么不在家里睡？"

马登把手伸出窗外，雨势已经小了不少，打在手上也没有什么知觉，他把窗户合上，拉上一半窗帘，做了个投降的姿势，说道："我失业了，我不想让我的妻子知道这件事情。"

"早上拎包出门，装作还在工作吗？"她问。

隔壁房间的声音越来越大，每次都能听出一种收尾之势，但是迟迟没有结束。

"这种事情在所难免，不过酒店的隔音是不太好。"椅子上的女人补充道。

马登原来在一家广告公司当设计，半个月前辞了职。这是他结婚以来找的第三份工作，妻子总是会把工作上的不稳定延续到婚姻的不稳定上，这种荒唐的类比使他心力交瘁，为什么要稳定？不稳定的生活才有惊喜，但是妻子只想好好攒点钱，然后生个孩子，开始一套符合社会范式的生活。她的好朋友，比他们晚结婚的几对，妻子们都已经怀上身孕。马登觉得莫名其妙，这也要攀比吗？以前你们比谁穿得更加名贵，现在就要比谁的肚子更大？妻子真想给他来一巴掌，她怕了这种把事情搞砸也能当做人生体验的作风——生活就像一条牛仔裤，穿坏了就当它是条破洞裤。

"我喜欢这个比喻，你没法一直瞒下去，会累。"

"我在找新的工作，最好离家近一点，不用再六点起床，我们能一起吃早饭，煎蛋的时候两个鸡蛋粘到一起也没事，那个锅太小了，回头买个大的。"

"恐怕不仅仅是锅太小，"唐菲娅说，"在酒店里，只有钟点房的男女才会把时间住满，至于大床房，他们只需要过夜的那部分。"

此刻，一个不守本分的念头悄悄萌生，与做出行动只隔着一个身体的距离。要是在几年之前，这样的念头一天要产生好几回，性欲旺盛时，就连把钥匙插进锁孔都能产生极大的快感。时过境迁，他早已过了遇见一个漂亮姑娘就要跟她度过一个美好夜晚的年龄，何况现在是中午时分，虽然雨季让时刻分明的一天变得模糊不已，但他仍然对酒店的隔音感到焦躁不安。

"抱歉，我还是不习惯对着一个穿正经工作服的人谈论家常。"

"或者,我可以把这身外衣脱掉。"

一小时后,马登离开这家酒店时,已经记住了它的形状。唐菲娅告诉他,这间钟点房会在每个清晨为他留着,他回了个微笑,这样的经历仍令他有陌生感。从大堂离开的时候,他凝视着酒店门口的摄像头,想象着它眼中的自己,茕茕独立,孑然一身,笼罩在周围的是旷日持久的孤独。

吃完午饭,马登和应聘公司的人事部通了电话,约定了下午的面试时间,随后去马孔多迷宫转了一圈。刚失业的时候,他每天清晨会来这里打转,试图找到那份可以令他一劳永逸的遗产。那时迷宫中没什么人,迷失其中时会陷入焦虑,耳朵因听不到市区该有的噪音而产生怀疑,仿佛好好地读一本书时突然翻到了无字白纸,天空中飞过一只鸟都是雪中送炭。冷色调的壁画让他感觉自己正在下降,如果碰上阴雨连绵的天气,这种感觉将更加萧瑟,只有把注意力集中到空中高楼大厦的边角才能缓解危机。

马登曾在里面迷失过四个小时,从中悟出了迷宫对生活的一种隐喻,对于迷失太久的人来说,能够找到原路返回已经是一场胜利。十年前的夏天,面对人生中最重要的一场考试,17岁的马登在试卷上写下自己的姓名后,开始了漫长的思考,对于一个从不想好好过日子的人来说,这是一次千载难逢的机会。只要把这张干净的试卷上交,就可以向全世界宣称,他亲手毁掉了自己的生活。在他的想象中,完成这件事后,他会切实地感到命运是牢牢实实掌握在自己手里的,毫无疑问,这是一种胜利者的姿态。

"老想难为自己是什么心理?或者说,老想把自己推上绝路,到底是一种什么样的毛病?"这是他前女友对他说的话,不止一次地劝他去看心理医生。马登以各种理由推脱,并非所有的疾病都是坏的,"破罐子破摔"是他享受生活的美妙方式,好比手淫虽有坏处,但是没有其他形式能代替这种独特的劲头。

"做爱可以。"

"那不一样,这一点上你没有发言权。"

"狗屎!"

前女友是在三年前的一个阴郁清晨离去的。清晨六点,马登从睡梦中醒来,惺忪的睡眼里看到地上两个打开的箱包，一件又一件衣服正在掉落其中。他开始回想昨夜的争吵，意识到这将是一次无可挽回的诀别。他躺在床上，束手待毙，好像在做一个与他无关的梦，关门的声音落下之后是鲜明的寂静。他从床上爬起，开始审视这一切，桌子上放着一叠钞票，这是留给他的房租，每个月他们都要平摊这些费用，不用数也知道是三十五张，三千五百块钱。这一沓钱足以让他心存歉疚，面对已经消失的女友。如何归还这笔钱，好让自己心安理得起来，成了当下头疼的事情。

迷宫中有成千上万个岔口，如果按照数学的方式来排列，这一生都无法找寻到正确的道路。某一个清晨，马登注意到迷宫的拐角处都放置着垃圾桶，想到了一个令人兴奋的办法。他在一个垃圾桶旁等了一个多小时，等来了一位清洁工，急切地向他询问在迷宫中收垃圾的路线。清洁工摇了摇头："我们没有指定路线，走到哪收到哪。"

一阵惶然过后，马登又开始端详着不同垃圾桶的堆放量，从中寻找到一条人迹罕至的道路。他每天花三个小时的时间去摸索探寻，一个星期后筋疲力尽。他慢慢厌倦了在迷宫中来回打转，梅雨季来临，清晨的迷宫变成了一座死城，他收拾兴致，安分地在酒店的钟点房中延长睡眠。

马登看了一眼手表，已经快到面试的时间，他有意识地寻找出去的路线。午后的迷宫略微拥挤，阳光把人影投在壁画上，像是在枯枝败叶中演绎出一幕幕诡异的剧情。马登曾在某个角落当过这样的目击者：处于分手危机的情侣，在迷宫中朝两个相反方向出发，能碰到就再续前缘，碰不到就分道扬镳。马登怀疑，富商在建造这座迷宫时早有预谋，它是一个精心编制的工具，迷宫的谜底与它的本质正好相反，它并非叫人迷失，而是一块路标，每条道路都通向一个终点：孤独。

"孤独感本身也是一种归属感。"马登没有料想到，他会对面试官说出这句他记在本子上的人生总结，而且只是用来回答"你认为自己能否在公司中找到归属感"这类老式的职场提问，有一种用上等茶叶招待学龄前儿童的突兀感受。

"经过我们商讨，认为你有能力胜任这份工作，但希望你能表现出更多热忱。今天就到这里，我们会在两天内给你答复,你还有什么问题?"

"老实说,我不热爱工作,找工作就像在把人生放到一个正确的位置上,婚姻也是如此,而我喜欢的事情恰恰相反。十六岁开始,我就热衷于找到毁掉人生的办法,这是一种本我的愿望和理智对垒的过程。正常人会说,这是一种心理疾病,您也这样想吧?我希望得到这份工作,但是当它即将到手的时候,我又生了那种毛病,生活步入正轨的同时也是迈向无趣,我无法控制这种恶习,这是存在主义的陷阱。不过我向您说这些,并不是在拒绝这份工作,我内心里仍有胆怯的那部分人格,而且它常常胜利。"

"如果是这样,公司也许会更慎重地考虑您是否符合条件。"

"无论如何,请您一定要给我打个电话,哪怕是糟糕的消息。"

马登回到家中,妻子躺在沙发上看连续剧,桌上摆着熟食店里买来的冷盘。晚饭之前,妻子向他展示了新买的婴儿连体衣,马登挤眉弄眼凑出了个略有兴趣的表情,偷偷用遥控器把电视的音量加大。家中的婴儿用品已经堆积成灾，房间也打扮得颇有童话之意，马登甚至已经闻到了婴儿身上那股独特的奶香味。

"孩子么，总是要生的，你现在不高兴生，总不可能一辈子都不生吧？"

多么宏大的话题！马登心想，所有的战略都指向他的生殖器，他像妻子手中的一块橡皮泥，正在被塑成她想要的形状，他不断坚硬，她不断用力。妻子从外面买回一件婴儿用品，他就带回一盒效果别致的安全套。行房之前筑起一片尴尬地带。当他从包装里掏出那个橡胶小圆圈时，妻子的情绪急剧下降，翻了一个不易察觉的白眼。"要不算了吧？不做了。"她带着愠怒说。"那就算了。"马登的反应让她产生一拳打空似的踉跄感。她背过身去，用最隔阂的姿势睡了一个晚上。

妻子的反应使他想起前女友离开的那个清晨。当晚定闹钟的时候，马登一阵惊慌，好巧，明天是他们分手的三周年纪念日。前女友离开后，他寻找过她的下落，从一些朋友那辗转得知她已经回归家乡的消息，那是他未曾去过的遥远城市。他格外无力，只好保存着她留下的三千五百块钱，还钱的方法是每个月往她的手机里充一百元话费。这个计划平静漫长,包含着一种藕断丝连的意愿。

"你有没有想过,生一个孩子也许就是毁掉你生活的最好方式。"唐菲娅说。

第二天早上,仍是阴雨连绵的天气,他驾轻就熟地来到"抹香鲸"酒店,和昨日并无什么两样,就连隔壁的房间也依然有纵欲之声。

马登思索了一会儿,回道:"不一样,那是孩子毁了我的生活,不是我自己。"

"到底是什么样的症状呢?经常会控制不住自己吗?"唐菲娅又问。

"打一些媚俗的比方,就像你经过一片湖时会有纵身跃下的念头,站在高处也忍不住想往下跳,会对那些无法体验的感受好奇。大概就是这种感受,这只是些触到皮毛的类比,你还得往下想想才能感同身受。"

"你不会害怕吗?要是你把它真的毁了……如你所说,你仍有理性的那部分意识。"

"我想过了,就算未来世界传来一份答案,我也会绝望。我们需要的是模糊的真理,你害怕找不到工作,你希望未来给你的回应是'你会找到',而不是'你在一家小企业朝九晚五,拿着微薄薪资'。你害怕将来被婚姻束缚,你希望未来的回应是'不会',而不是告诉你,你们吵了多少次架,砸碎了多少杯盘,'五年过后终于有所好转'。我们愿意接受的只是一个模糊的真相。"

"好像在你的生活计划里,所有的理论都能自圆其说,倒不像是什么心理问题了。"

"我就像走进了一家吸烟馆,周围烟雾缭绕,但我是不抽烟的那个,他们在享受,我却在痛苦,一边吸收着他们吐出的废气,还要遭受冷若冰霜的目光。"

"你上次毁掉自己的生活是什么时候呢?"

马登皱了皱眉头,又想起了前女友离开的那个清晨。房间里昏暗如夜,空气还残留着昨晚剩余的火药气息,马登的记忆节点是一串动态的画面:一件件衣服正以固定的节奏掉入地上打开的箱包之中,发出"噗噗"的声音,像是夏夜里有气无力的蛙鸣。马登躺在床上,数着吊灯上的水晶片,不知该保持清醒还是努力入睡。

"外面在下雨。"衣物整理到一半,前女友拉起窗帘一角,向空气中丢了这样一句话。

这是他们最后一次对话,马登的决绝加快了前女友收东西的速度,他却满足地躺在床上品味生活的又一次幻灭。这段感情足够长久深刻,毁掉它可以抵上一部分当年考试没能上交白卷的缺憾。三年过去,当用理智的情感审视那次行为时,他会感到良心上的愧疚。不过又很快被另一种想法所扑灭:依照他的生活方式,分手对她而言是好事,好比打开小铁门,拍拍笼子让鸟儿离开囚牢,怀揣着一种真诚的善意。

离开"抹香鲸"酒店,马登给前女友充了最后一次话费,三周年,三十五个月,三千五百块终于还清,即便做足了心理准备,还是没能抵挡扑面而来的怅然若失,他们失去了最后一点仅存的联系,能让她回来的那根闪烁着微弱光芒的蜡烛已经彻底熄灭。面对手机屏幕上还未消失的号码,马登心想,只是动一动手指而已,就当是按错了。

"嘟……嘟……嘟……"仿佛从中世纪的晨钟暮鼓敲到世界末日的最后一声警报一样久远,久远到无法再用"按错了"来欺骗自己,他确确实实想打这么一通电话。

"哪位?"手机里传来一个粗犷男人的声音。

好吧,她有男朋友了。马登立即就给出了解释,三年过去了,她当然得有新男友,毕竟他自己也结婚了。"我想找……"他差点忘了前女友的名字。

"不认识,"男人用肯定的语气回道,"你打错了。"

"不可能。"马登把手机从耳边拿下,再次确认了一下号码。

"真的,打错了。"

"等等,"他慌了,"那你有收到每个月一百块的话费充值吗?"

"你怎么知道的?刚换这个号码的时候就有了,这活动给劲,一送就是三年。"

马登浑身冰冷,寄出的信件全都填错了地址,他还自以为是地在信中吐露真情,多么讽刺的荒唐喜剧,好在这幕剧没有观众。转念又想,这哪是喜剧?世界上最大的尴尬是无人分担的尴尬,何况还是一部投资不少的商业片。

也许是空中没有建筑和树的遮挡,进入迷宫后马登觉得雨势变大不少,一些没有带伞的路人躲在迷宫的地下走道里避雨。在旁人看来,马登步伐急速,仿佛冲着迷宫出口而去。只有他自己明白,他脑子发热,绝望孤独,像赌博机器里滚动的弹珠,连地心引力也不知道会把他带向何处,即便如此,在迷宫中撞上自己的妻子仍是他在世界上最毫无准备的一件事情。

"马登?"

"你怎么也在这里?"马登突然变得神志模糊。

一阵短暂的沉默,比空气中的寒意更加瘆人。

"我辞职了,"妻子说,"和你一样。"

"和我一样?"语言对他似乎失去了意义,他在心里默念了多遍才清醒过来,"你早就发现了?"

"傻瓜,昨天是周六,今天是周日,你忘了双休日吗?打算瞒多久呢?"妻子接着说道,"我知道再也劝说不了你了,孩子我不想生了,工作也不值得如此疲劳,把生活毁了的感觉挺好。"

马登不知所措,在脑袋里寻找那些丢失的词汇。手机响了,他背过身接电话,是面试的公司打来的,不过是将"不予录用"四个字说得婉转温和。马登逐渐意识到，他的人生正在失去掌控，厄运像雨珠一样敲打在他身上。

"我们来玩个游戏吧，"他对妻子说，"你朝那个方向走，我朝这个方向走，看看我们会不会遇上。"他握住妻子的肩膀，将她推向一个岔口。

"无聊。"

"回家路上买一个大一点的锅，不要忘了。"

就在妻子转身离去的瞬间，她的背影刻画进了他的脑海中，形单影只，踽踽独行。多年以后，这个画面像高考考场里的那十分钟思索，像前女友把衣物扔进行李箱时的沉默，不停在脑中浮现。他的思维随着妻子的离去而变得顺畅，随着生活中的所有的基础建筑物被破坏殆尽而得以瞥见天空中的真相——这场大雨正连续不断地敲打他的身躯，仿佛在为这份精心熬制的孤独添油加料。

他毁了一切后终于悟出谜底，唯有孤独无法被毁坏，而他毁坏一切正是为了它能如期而至，那是他的温柔乡，他可以一劳永逸地躺在里面过完剩下的人生。

在马尔克斯去世五十年后，马孔多城遭遇百年难遇的大雨，一位老人耗尽毕生积蓄，租下了马孔多迷宫三天的使用权，命人用水泥将迷宫的每一个入口砌上。这场暴雨使迷宫的排水系统彻底瘫痪，随着水流流逝的方向，世人终于得以窥见迷宫的出口，解开了这个长达五十年的难题。富人的遗嘱刻在出口的石碑上，马孔多城将作为奖赏奉送给找到出口的人。

那位老人并无子嗣，晚年生活贫瘠，人生最后的时刻不停地在马尔克斯的著作《百年孤独》中反复寻找有关"孤独"的共鸣。暴雨过后，他又请工人打开迷宫入口，将谜题重新归位。临终之际，他已经预料到，在下一场声势浩大的漫长雨季来临之前，迷宫的答案将不会再有被人识破的机会。

"和奥雷里亚诺一个样，"乌尔苏拉感叹道，"世界好像在原地转圈。"

图书在版编目（CIP）数据

马孔多在下雨/周于旸著. -- 上海：上海文艺出版社，2022（2025.8重印）

（有趣书系）

ISBN 978-7-5321-8223-7

Ⅰ.①马… Ⅱ.①周… Ⅲ.①短篇小说－小说集－中国－当代 Ⅳ.①I247.7

中国版本图书馆CIP数据核字(2022)第017162号

发 行 人：毕　胜
责任编辑：余　凯
特约编辑：王若虚
封面设计：人马艺术设计·储平

书　　名：马孔多在下雨
作　　者：周于旸
出　　版：上海世纪出版集团　　上海文艺出版社
地　　址：上海市闵行区号景路159弄A座2楼　201101
发　　行：上海文艺出版社发行中心
　　　　　上海市闵行区号景路159弄A座2楼206室　201101　www.ewen.co
印　　刷：浙江天地海印刷有限公司
开　　本：787×1092　1/32
印　　张：9.25
插　　页：2
字　　数：135,000
印　　次：2022年2月第1版　2025年8月第4次印刷
Ｉ Ｓ Ｂ Ｎ：978-7-5321-8223-7/I · 6496
定　　价：48.00元
告读者：如发现本书有质量问题请与印刷厂质量科联系　T:13661510899